suncolor

suncolor

白川紺子 著／李彥樺 譯

後宮之烏

3 水面之下

suncolor
三采文化

登場人物介紹

夏高峻 剛即位的年輕皇帝。希望與烏妃壽雪成為「摯友」。

柳壽雪 現任烏妃。能施展神奇祕法。離群而居的神祕人物。

衛青 對高峻忠心耿耿的宦官。

九九 壽雪的侍女。個性單純又有點雞婆。

溫螢 奉衛青之命保護壽雪的宦官。

衣斯哈 相當年輕的宦官。來自西方的少數民族。

晚霞 鵲妃。天真無邪的少女。對壽雪懷抱好感。

朝陽 晚霞的父親。賀州權貴。來自卡卡密國的少數民族首領。

白雷 巫術師。新興宗教「八真教」的教祖。

隱娘 「八真教」的年輕巫女。

麗娘 前任烏妃。已過世。

魚泳 前任冬官。已過世。

花娘 高峻的尊師雲永德（宰相）的孫女。與高峻是青梅竹馬。

世界圖

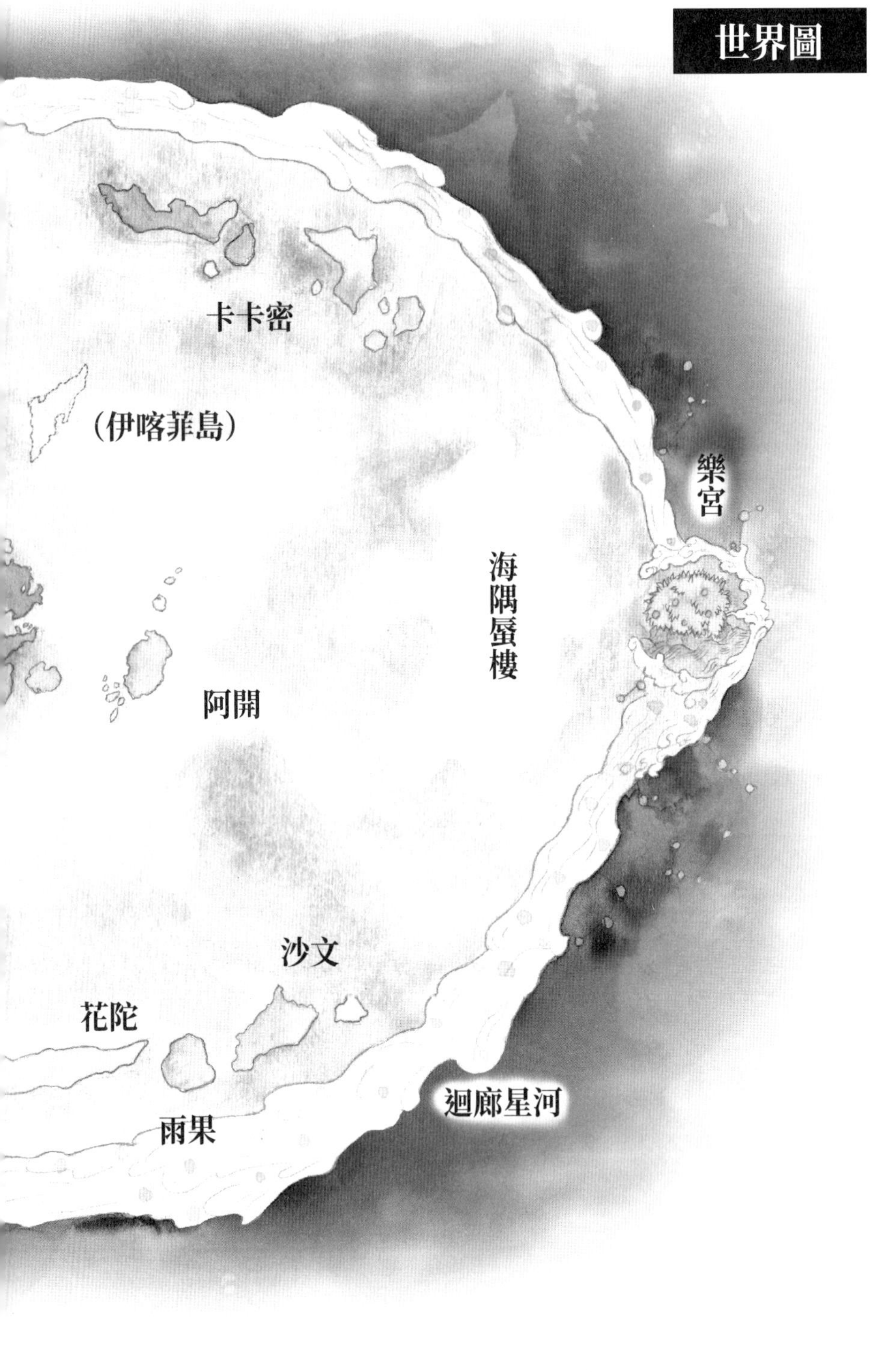

卡卡密
（伊喀菲島）
樂宮
海隅蜃樓
阿開
沙文
花陀
迴廊星河
雨果

茲目哈
幽宮
霄
海隅蜃樓
花勒

霄國地圖

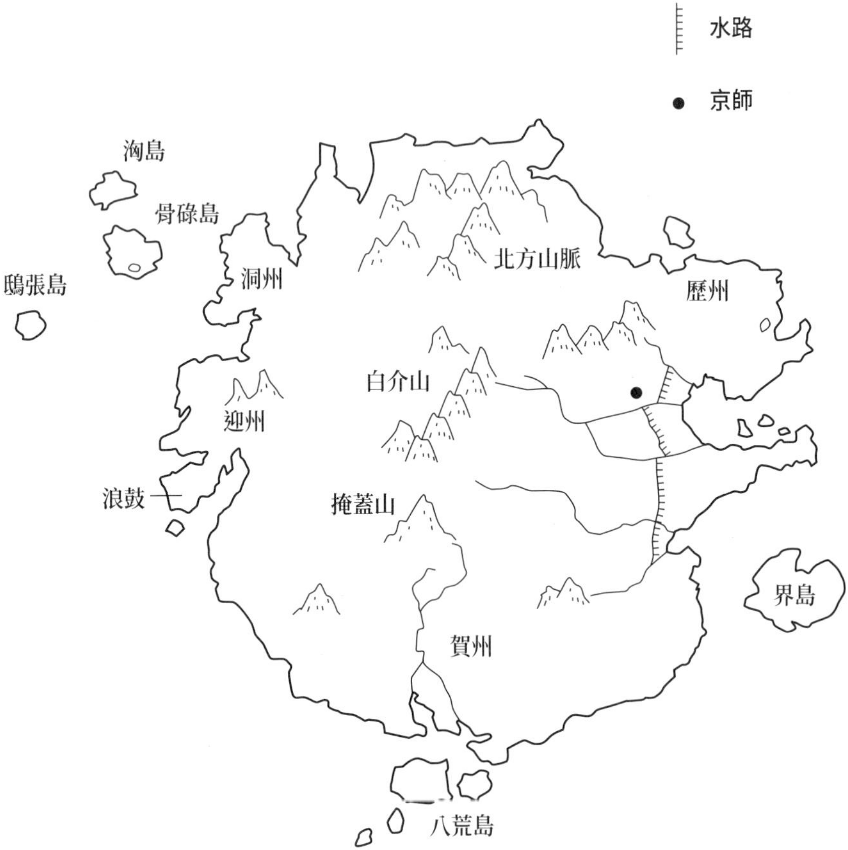

宮城內地圖

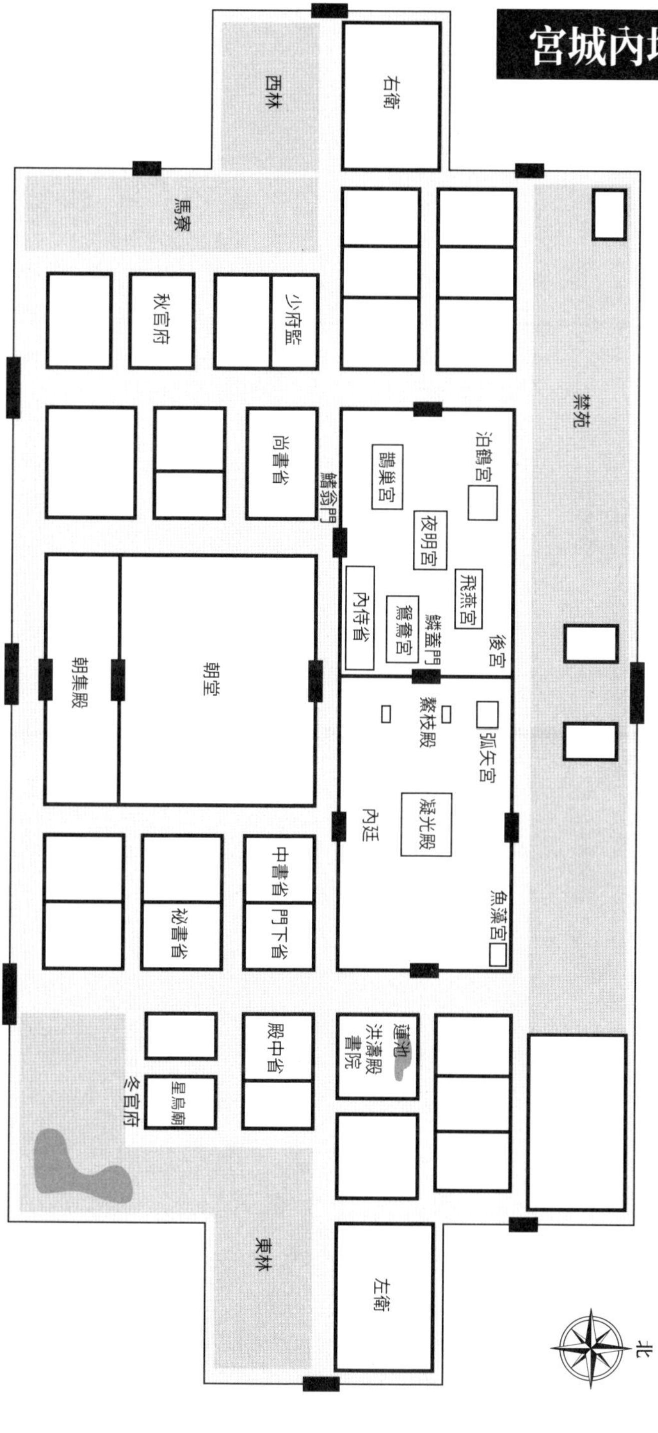
右衛
西林
馬寮
禁苑
秋官府
少府監
尚書省
鰭翁門
鵲巢宮
泊鶴宮
夜明宮
飛燕宮
內侍省
鴛鴦宮
鱗蓋門
後宮
朝集殿
朝堂
鰲枝殿
弧矢宮
凝光殿
內廷
魚藻宮
中書省
門下省
秘書省
殿中省
蓮池
洪濤殿
書院
星鳥廟
冬官府
東林
左衛
北

目錄

雨夜之訪 12
龜王 76
執袖之手 170
黃昏寶珠 236

雨夜之訪

在死寂的夜裡，我在深海之中靜靜地等待著。

衣斯哈在深夜裡驀然驚醒。他悄悄坐了起來，沒有發出半點聲響，剛剛好像作了一個惡夢，此時只覺得口乾舌燥。入睡前窗外傳來的絲絲雨聲，如今已聽不見了，但空氣中瀰漫著一股雨後特有的潮濕氣息。

——那跟大海的氣味頗不相同。

不是那種帶了點腥味，又濕又黏的潮水氣味。衣斯哈環抱膝蓋，坐在床上，像這樣在半夜醒來，是他最害怕的事情，因為那會讓自己感到既寂寞又悲傷。故鄉的回憶，以及被迫成為宦官的記憶，不斷在腦海裡激盪、盤繞，令衣斯哈感覺胸口彷彿壓了重石。少年感到呼吸困難，不由得將額頭抵在膝蓋上，偷偷哽咽啜泣。

「……睡不著嗎？」

黑暗中響起了聲音，隔壁床的溫螢似乎也坐了起來。溫螢的職級雖然高於衣斯哈，但在這夜明宮，兩人被分配在相同的房間。

少年趕緊道歉：「對不起，把溫螢哥吵醒了。」

房間裡完全沒有亮光，不用擔心會被看見自己一把眼淚一把鼻涕的模樣，但說起話來卻無可避免地帶了一點鼻音，衣斯哈感覺得出來，溫螢正默默看著自己。而後溫螢翻身下床，走出了房門。衣斯哈心中惴惴，擔心惹惱了他，但片刻之後，溫螢又走回了房內。

只見溫螢的手上拿著燭臺，微微搖曳的火光照亮了他的臉孔。

「喝吧。」

溫螢遞出了一杯水，似乎是從廚房的水甕舀來的。

「應該口渴了吧？」

「謝……謝謝溫螢哥。」

為什麼溫螢哥會知道自己口渴呢？衣斯哈抱著滿腹的疑問喝了水，乾涸的喉嚨獲得滋潤後，頓時感覺舒服了不少。

「剛當上宦官，每個人都會作惡夢。」溫螢淡淡說道。

溫螢雖英姿俊美，言行舉止卻散發出一股拒人於千里之外的冷酷，衣斯哈每次和他交談都會緊張不已。然而他的嘴角有時會露出若有似無的溫柔微笑，證明他是個心地仁慈的人。

「溫螢哥，你當年也是這樣嗎？」

然而溫螢沒有回答這個問題。他吹熄了蠟燭，房內再度歸於一片漆黑，一縷白煙自燭芯裊裊上升，不一會兒便消失了，只餘煙氣與水氣混雜在一起的氣味。衣斯哈聽見溫螢躺回床上的聲音，於是也躺了下來。那杯水在滋潤了喉嚨之後，彷彿滲透到了胸口的每個角落，讓緊繃的心靈獲得舒緩，他感覺眼皮逐漸變得沉重，彷彿置身在波濤之間，逐漸進入夢鄉，故鄉的景象在波浪中忽隱忽現。

衣斯哈看見了父母，看見了村莊的故老們。他回想起在那暴風雨的日子，自己坐在火爐邊，聽著不斷撞擊著門板的風聲；回想起在暴風雨結束之後，宛如撒上了銀粉的滿天星辰；回想起故老們所說的那些古老傳說：由神祇的身體遭切割而形成的諸島、漂流至海灣的迷途之魂、自星河不斷墜落的新生命。

鄰居家剛出生的孩子，不曉得是否健健康康地長大了？兄弟姊妹們不曉得過得好不好？從小一起長大的阿俞拉，不曉得此刻正在做什麼？

雨似乎停了。壽雪望向槅扇窗，此時入夜已深，窗槅的另一頭是一片深邃的靛藍色，夜晚的空氣中瀰漫著水氣。每年進入雨季之後，總是會有一段時期經常下雨，但這種日子並不會持續太長的時間。雨停之後，泥土與草木都顯得生意盎然，就連黑暗也不例外，彷彿整個世界充塞著生命的氣息——然而壽雪並不喜歡這個季節。不，嚴格說來不喜歡這個季節的是烏漣娘娘。

壽雪望向小几，心中正充滿了疑竇。從剛剛到現在，壽雪已不知注視著几面多久的時間，几上擺著兩串黑珍珠首飾，珍珠的漆黑表面在光線的照耀下，會隱隱泛出七彩的紋路。這些黑珍珠其實是「梟」所遺留下的羽毛。說得更明白一點，是梟製造出的宵月所幻化而成，當初宵月變成了大量的羽毛，壽雪將羽毛收集起來，裝進了麻袋裡。沒想到過了一晚，羽毛竟然變成了黑珍珠，壽雪於是委託少府監❶，將黑珍珠串成了首飾。

當初梟曾說過，他是從大海的泡沫中生出來的。難道是因為來自大海，所以變成了珍珠？壽雪百思不得其解，最後嘆了一口氣，將珍珠放入螺鈿盒中後，收進了櫥櫃裡。她心底也明白，就算再看下去，也不可能看出個所以然來。

1　宮廷工坊。

壽雪甚至都不知道自己到底是誰。是「烏」？是「壽雪」？抑或是兩者的混合體？烏來自遙遠的幽宮，而這裡是流放犯罪神祇的禁忌之島，烏被封印在自己的體內，沒有辦法逃脫。她就像是關住烏的容器，正如同梟所製造出的那個名為宵月的人偶，如果自己的軀體碎裂，是否也會像宵月一樣變成鳥羽，接著化為珍珠？

壽雪不禁揚起了嘴角。每當夜闌人靜，讓侍女九九退下之後，她總是會感覺到一股難以承受的空虛感，抵在自己的胸口。寂寞還可以忍受，空虛卻是椎心蝕骨。現在是因為還有九九等人陪伴在身邊，自己才沒有被那可怕的空虛感吞噬，因此明知道這違背了麗娘的吩咐，壽雪還是無法放手。

窩在壽雪腳邊的星星忽抬起了頭。幾乎就在同一時刻，壽雪轉頭望向門口。星星開始振翅喧譟，而後她伸出手掌輕輕一翻，門扉應聲而開，門外之人，顯然是有求於烏妃的訪客。

如今壽雪深深明白為什麼歷代烏妃會願意花時間為後宮的妃嬪、婢侍及宦官們解決各種問題，說穿了，不過是希望與世人有所交流罷了。烏妃連自己的心靈也捉摸不透，而且還不能與任何人結交往來，如果能夠幫他人一點忙，至少還能與這世間稍有聯繫，不至於完全陷入孤獨之中。

「欲……欲求烏妃娘娘相助……」

站在門外的女人發現自己還沒開口之前，那門就開了，嚇得有些不知所措。

「可速入。」

壽雪坐在椅子上，女人環顧左右，戰戰兢兢地走到她對面的椅子坐下。她的襦裙是上等絲綢縫製而成，腰帶上掛著白珊瑚佩飾，佩飾上又垂吊著堇紫色飾繩，從穿著來看，女人應該是某宮的侍女。

「我是泊鶴宮的鶴妃的侍女，姓紀，名泉女。」

侍女報上了姓名。這侍女有著纖瘦的身材、細長的臉孔及蒼白的皮膚，只見她雙手緊緊交握在胸前，身體微微打顫。

「……何事求吾？」壽雪問道。

泉女深吸一口氣，遲疑了半晌，不停左右張望後，忽然露出了哀求的眼神。

「我被幽鬼纏身。」

因為雙手緊握的關係，她的指甲陷入了肉中。或許是為了讓自己恢復冷靜，她閉上雙眼，做了幾次深呼吸，同時伸手撫摸白珊瑚佩飾。

過了好一會兒，她終於調勻了呼吸，開口說道：

「……每到下雨的夜晚，那個幽鬼就會來到我的房門口。他不會敲門，也不會走進我的房間，就只是站在門外。或許娘娘會感到好奇，不明白我為什麼知道幽鬼來了，理由就在於腳步聲。那聽起來像是走在雨中的腳步聲，會啪嗒、啪嗒地朝我的房間靠近，最後停在房門外，等到雨一停，那幽鬼就會消失，只在地上留下一灘水窪。我敢肯定，那絕對不是活人。有好幾次我實在按捺不住，從槅扇窗偷偷往外看，只看到黑色的影子，卻看不清楚那幽鬼的模樣。明明近在咫尺，看起來卻是朦朦朧朧，只勉強看得出那幽鬼的兩腳穿著長靴。除此之外，就只能看見那幽鬼的衣襬不斷滴著水，不管再怎麼細看，就是無法看清楚那幽鬼的長相，臉孔好像罩著一層陰影……」

泉女以顫抖的聲音一鼓作氣說完後，深吁了一口氣，嬌瘦的肩膀劇烈起伏。在說話的過程中，她不停撫摸著腰際的白珊瑚，似乎是手指不做點事情，就沒有辦法保持冷靜。而那看起來有點神經質的神情，或許正是受幽鬼糾纏所導致，原本應該頗具魅力的一對鳳眼，此時看起來卻是又紅又腫，布滿了血絲。

壽雪凝視著泉女好一會兒，開口問道：

「汝受此幽鬼纏身，已幾多時？」

「從我離開家鄉，前來京師途中的第一個雨夜，那幽鬼就纏著我了。」

「非在汝入泊鶴宮之後？」

「是的……我從以前就是沙那賣家的侍女……」

「沙那賣家？」

「晚霞小姐是沙那賣家出身，您不知道嗎？」

「未曾聽聞。晚霞何人也？」

泉女一時瞠目結舌，半晌說不出話來。過了好一會兒，她似乎想起烏妃是與世隔絕之人，不知道這些凡塵俗事也是理所當然的事情，於是垂首說道：

「請恕小女子失禮。沙那賣家發跡於卡卡密國，在很久以前遠渡重洋來到霄國，成為賀州望族。過去曾有一段時期，沙那賣家是賀州的領主之家，如今沙那賣家雖已不再從政，但在賀州依然是豪門之家，擁有數不清的莊園。賀州是物產豐饒之地，沙那賣家的富裕程度足以媲美首屈一指的富商大賈。」

壽雪回想起從前拜訪泊鶴宮的時候，確實曾聽說鶴妃的娘家是富戶。

「晚霞即鶴妃乎？」

「是的。」

「異邦之姓，卻有霄風之名，何故？」

「晚霞小姐是在入了後宮，才由陛下賜名。沙那賣家向來有著不得將真名告知外人的傳統。沙那賣家的當家，也就是晚霞小姐的父親，對外自稱『朝陽』，所以陛下將女兒取作『晚霞』。」

「原來如此。」

這是個相當風雅的名字。壽雪的腦海浮現了高峻那毫無表情的臉孔，實在很難相信那個男人也有這種詩情畫意的一面。

「朝陽老爺聽到陛下的賜名，也相當開心呢，呃……」

泉女露出一副忘了原本要講什麼的表情。

「吾問汝幽鬼纏身已幾多時，汝言自離故鄉後，又言汝為沙那賣家侍女。」

「啊，對。從前我在賀州的沙那賣家時，從來沒有遇過幽鬼。後來晚霞小姐蒙陛下召入後宮，我們一行人千里迢迢從賀州啟程，途中的某個下雨的晚上，我們投宿在旅店裡，那幽鬼突然出現了……」

泉女似乎是回想起了那段往事，不由得打了個哆嗦。

「後來雨停了，幽鬼消失無蹤，我卻嚇得整個晚上睡不著覺。直到現在，我只要遇上入夜後才下雨的夜晚，總是會感到毛骨悚然。今晚也是……」

「夜雨方歇，今晚幽鬼亦擾汝安眠？」

泉女一邊顫抖一邊點頭說道：「雨停了之後，我確認幽鬼已經消失，不想再忍受下去，決定來求烏妃娘娘相助。」

「汝欲吾驅此幽鬼？」

「是的，請娘娘幫幫忙，我一定會準備謝禮……」

壽雪不禁沉吟了起來。只有在下雨的夜晚才會出現的幽鬼……

「……此事頗有蹊蹺。」

「咦？」

「此幽鬼不入房門，但佇足門外，自始至終毫無作為？」

「雖然沒有作為，但是……」泉女出言抗議，壽雪伸手制止，接著說道：

「況此幽鬼隨汝而來，非後宮所棲幽鬼，亦不尋常。」

泉女聽到「隨汝而來」一語，頓時嚇得面無血色。

「吾欲往觀此幽鬼現形之地，明日當往汝處拜訪。」

壽雪站了起來，從櫥櫃裡取出一張麻紙。

「此符無甚稀奇之處，天下巫術師皆可繪之，然足以令尋常幽鬼不敢近身。汝隨身暗藏，聊勝於無。」

那符紙上以黑墨書寫著奇妙的文字。泉女如獲至寶，恭恭敬敬地接過。

「此幽鬼是何來歷，汝全然不知？」

泉女稍遲疑了一下，點頭稱是。接著將符紙緊緊抱在懷裡，快步離開了漆黑的殿舍。

✿

九九每天從一大早就非常聒噪。不管是送洗臉用的水盤進房、還是在準備早餐的時候，她的嘴總是嘰哩呱啦地說個不停，簡直像是一隻喋喋不休的雀鳥。今天早上她一下子說「鶺鴒飛得很高，代表今天不會下雨，真是洗衣服的好日子」，一下子又抱怨放在廚房裡的餅竟然發霉了，一張嘴幾乎沒有休息的時候，卻沒有一件是要緊的事情。

「在我的家鄉，大家都說漁星被煙霧環繞，就是會下雨。」

衣斯哈一邊幫忙準備早餐，一邊說道。

「我們這裡倒是沒有這種說法。因為一到晚上，大家都會緊閉門窗，根本沒有仰頭看星星的習慣。」

衣斯哈的故鄉是座小小的漁村，對漁夫來說，夜晚的星星是辨別方位的重要指標。

「熟記星星的位置及出現的時期，在我的家鄉是非常重要的常識。」

「你們的族人不會害怕晚上的夜遊神？」

「當然害怕，所以我們都會攜帶護身符。只要是沒有星光的夜晚，就絕不出海捕魚，傳說在完全漆黑的晚上，會有妖怪將船隻拉進海中。」

衣斯哈的故鄉有許多傳說與京師不同，相當耐人尋味。壽雪雖然沒有親眼看過大海，但曾在新月之夜，與逃出宮城的烏一同見過。

「汪洋無情，實令人望而生懼。」

壽雪一邊以湯匙舀著粥，一邊呢喃說道。

衣斯哈露出爽朗的笑容，曬得黝黑的皮膚擠出了皺紋。

「大海雖然可怕，但也有溫暖的一面，就像搖籃一樣。」

「搖籃？」

「潮水來來去去，就像一座巨大的搖籃。」

衣斯哈以雙手比出了搖籃的動作。

「而且大海如果不恐怖，就會遭到輕忽，所以還是恐怖點好。」

「此亦村中故老之言？」

「是啊，他們會教導孩子們好多事。有些是關於大海的事，有些是關於星星的事。」──衣斯哈眼中的家鄉故老，或許就像是壽雪眼中的麗娘吧。她一邊想著，一邊朝著粥吹氣。這碗加了白木耳及金針菜的粥煮得滾燙，若不吹涼再吃，很有可能會燙傷。壽雪曾建議將餐點稍微放涼之後再拿出來，但老婢桂子不同意，她認為餐點涼得快，一定要趁熱端出才行。吹了好一會兒，好不容易吹涼了，才將粥放入口中，有著獨特彈牙口感的木耳，是壽雪最喜歡的食物之一；撒在粥上的松果不僅增添香氣，而且滋補養身，在桂子的眼裡，壽雪似乎還是當年那個骨瘦如柴的幼童，因此她經常在餐點中加入這種具有滋養強身功效的食材。

「娘娘，今天有什麼預定行程嗎？」九九問道。

通常壽雪的回答都是「無」，但今天有些不同。

「吾欲往泊鶴宮。」

「哇，真難得娘娘要出門。」

九九登時興奮不已。

「趁這個機會，穿一次花娘娘送的那套淡紫色生絹衫襦及桃紅色長裙吧……髮簪最好挑一支水晶簪……」

九九像個老練的侍女一樣嘀咕個不停。壽雪雖提醒她「無須盛裝」，但她似乎完全沒聽進去，壽雪見其一副樂在其中的模樣，也不再說什麼。九九很喜歡把壽雪打扮得花枝招展。平常她總是穿著一身黑衣，似乎讓九九感到很沒意思。

吃完了早餐，九九立刻著手幫壽雪更衣，這些五顏六色的衣裳，全是花娘娘送的。花娘即鴦妃雲花娘，她向來對壽雪相當照顧，簡直當成了親妹妹看待。

明明自己曾說過好幾次不需要這麼多衣著服飾，花娘卻還是不斷送來，由於不想違拗她的一番好意，只好一一收下。

然而有時壽雪也不禁感到納悶，為什麼身邊竟有這麼多完全不理睬自己意見的人。

九九一下子換腰帶，一下子挑髮簪，不停地東挑西選，忙得不亦樂乎。在這段時間裡，壽雪就只是愣愣地站著不動，她知道若是插嘴，時間會拖得更久，因此一句話也不敢說。最後九九在壽雪的頭上插了淡紅色的水晶簪及金步搖，露出滿意的表情。

「汝意已決？」壽雪問道。

「非常好。」九九裝模作樣地點頭說道，讓站在後頭幫忙的紅翹忍俊不禁。

壽雪將星星交給衣斯哈照顧，隨即帶著九九出了夜明宮。原本脾氣古怪的星星不知為何相當中意衣斯哈，在他的面前特別順服。壽雪驀然想起，當初梟曾經稱星星為「哈拉拉」，不知道那是否為星星的真正名字？

穿過夜明宮外的樹林時，壽雪不禁仰望樹梢。只見一隻烏鴉停在樹枝上，正發出鳴叫，由褐色的翅膀上有白色的斑點判斷，正是那隻星烏——當初宵月化成了羽毛，原本壽雪以為這隻星烏也會跟著消失，沒想到牠依然棲息在這片樹林裡。

當初梟曾說過，那是烏的「使部」。

或許因為如此，所以牠才一直留在這裡沒有離開。只見那名為「斯馬盧」的星烏眼神迷濛，令人捉摸不透其心思。

穿過了樹林，她們繼續朝著後宮北方前進。負責護衛的溫螢，此刻應該也躲在附近的某處吧，正因為有溫螢的保護，壽雪才能夠在後宮安心往來。後宮到處種植著花草樹木，水道縱橫交錯，並以堅固土牆切割成許多區塊，殿舍的甍瓦有如浪頭般，在陽光照耀下熠熠發亮。正如同九九的預測，今天看起來並不會下雨，泉女應該也鬆了一口氣吧。

「娘娘到泊鶴宮有什麼事？」

兩人走在土牆之間的巷道內，九九問道。

「受人所託。」

「啊，果然昨晚有訪客？今天早上娘娘起得比較晚，我就猜到是這麼回事。」

九九不滿地噘嘴說道：

「所以我才說要陪娘娘晚點睡，娘娘每次都把我趕回房間。」

「來客並無定時，更夜等候實屬無益，況汝等每日早起，豈能隨吾不寐？」

「可是……」

九九露出一臉的不服氣。壽雪知道跟九九鬥嘴絕對贏不了，趕緊轉移話題：

「汝可識得泊鶴宮之妃？」

「昨晚的訪客是鶴妃嗎？我從來沒有見過。」

「鶴妃身旁侍女……汝雖不曾見，應知其人？」

九九歪著頭說道：

「我對鶴妃瞭解不多。鶴妃在後宮的地位不算高，泊鶴宮的位置也偏郊區，因此很少聽到那邊的傳聞。我只知道她原本是賀州的千金小姐……好像是歷史相當悠久的望族之家的么女。對了，我聽說她對待下人溫柔和善，不像一般名門閨秀那樣擺出高高在上的態度。」

壽雪回想起來，上次確實聽宮女說過，鶴妃是個相當慷慨大方的妃子，常會把衣裳及髮簪等物賞賜給下人。昨天來訪的泉女，身上的衣著也是上等質料。

「現在鵲妃的位置空了出來，大家都說鶴妃或燕夫人最近可能會升格。不過聽說燕夫人的可能性比較大……」

「……」

壽雪回想起鵲妃的事，心頭又是一陣鬱悶。鵲妃遭咬斷咽喉，血流如注的畫面，如今依然歷歷在目。

九九察覺壽雪神情有異，趕緊改變話題：

「對了，娘娘，前幾天陛下賞賜了甜桃。等等回夜明宮後，我削給您吃吧。」

「此等小事，吾可自為。」

「削甜桃會沾得滿手黏膩，還是我來吧。上次衣斯哈吃甜桃，吃得滿嘴都是呢。」

「衣斯哈尚年幼，自然如此。」

壽雪不禁笑了出來。衣斯哈似乎不太習慣吃水果，總是會弄髒全身。那副嘴巴旁邊濕答答的模樣，實在相當可愛。

前方出現了一排柏植籬笆，籬笆後便是泊鶴宮，那殿舍的甍瓦上，雕刻的正是鶴形飾物。壽雪繞向後門，那附近跟上次來的時候一樣，一群宮女正在曬著衣物。

其中一名宮女還記得壽雪，說道：「啊，妳不是上次那個……」

「煩勞汝喚一侍女至此。」壽雪朝那名宮女說道。

「妳不是夜明宮的宮女嗎？今天怎麼穿成這樣……？」那宮女露出狐疑的眼神。

壽雪懶得說明，只是說道：「此侍女姓紀名泉女，汝但言有客自夜明宮來，彼女便知。」一句話才剛說完，旁邊忽響起奔跑聲，一人喊道：

「烏妃娘娘！」

那人正是泉女。

「我正在等著您呢！您怎麼從後門進來了？」

原來泉女一直守候在正門口。那宮女一時瞠目結舌，看了看跑得上氣不接下氣的泉女，又看了看壽雪，一句話也說不出來。站在她身後的那些正在曬衣的宮女們，也紛紛交頭接耳，眼中流露出驚懼之色。

一旦意識到眼前這個女人，便是居住在後宮深處那棟比黑夜更加漆黑的殿舍，從尋物到咒殺都能一手包辦的烏妃娘娘，宮女們會嚇得花容失色也是理所當然的。

驀然間，壽雪察覺其中一名宮女看著自己的眼神似乎不太一樣，她轉頭望去，只見一名宮女站在遠處，兩眼雖然同樣凝視著自己，但眼神中流露出的並非恐懼，卻相當地古怪，既非善意，也非惡意，若要加以形容，似乎是一種殷切的眼神。壽雪心想，或許她也有什麼事想要委託烏妃幫忙吧。

「烏妃娘娘，請往這邊走。」

泉女在前領路。三人前往的地方，並非位在中央的那棟鶴妃生活起居的主殿，而是旁邊的偏殿，那裡是侍女們的住處，至於中庭另一頭的建築，據說則是皇帝臨幸時使用的寢殿。中庭開滿了八重梔子花，那純淨潔白的花朵有如夏日的白雲，散發著濃郁的香氣，即使是在暗夜之中，那白花及氣味依然清晰可辨。

「聽說以前這裡種的是牡丹花。」泉女察覺壽雪的視線，在一旁說明道。「聽說是陛下下令將庭院重新整頓，因為牡丹花會讓陛下想起母親。」

高峻的母親是先帝時代的鶴妃。壽雪只是應了一聲，便移開視線，沒有多說什麼。

泉女的房間在殿舍的角落，面對外廊的牆面有門扉及槅扇窗，走進房內一看，房間的另一側也是同樣的構造。泉女告訴壽雪，幽鬼必定是從另一側前來，一行人於是打開了通往殿外的那扇門，來到殿外一看，周圍一帶日照不佳，再加上種植了不少樹木，顯得有些陰森。壽雪仔細觀察樹蔭下的地面，據說每次幽鬼都是站在那個地方。

——確實隱約感覺到了。

若有似無的幽鬼氣息。

——但這是……

「烏妃娘娘，您看出什麼了嗎？」

泉女躲在房間裡戰戰兢兢地問道。壽雪轉頭說道：

「確是幽鬼無疑。」

泉女頓時臉色發白，按著自己的胸口。壽雪退後一步，從髮髻上摘下牡丹花，朝花上輕吹一口氣，花瓣迅速化為輕煙，擴散在四周，有如一片薄霧。

不一會兒，霧中出現了一道人影。起初雖模糊不清，但接下來臉部輪廓逐漸變得清晰起來，已隱約可看見其空洞無神的雙眼，以及微微張開的嘴唇。那嘴唇慘無血色，臉上的皮膚則呈現土灰色，從五官分辨，似乎是個二十多歲的男人。男人頭上的髮髻散亂，一絲絲頭髮披散在額頭上；眼窩深深地凹陷，看起來像是兩片陰影。

接著，壽雪聽見了滴答水聲。低頭一看，男人的腳邊形成了一灘水窪。不……那不是水。一滴滴鮮紅色的液體，不斷從男人的衣服下襬滴落——那是血。從男人的脖子根部到胸口附近，有一道極深的刀傷，鮮血從脖子的傷口處汩汩冒出，向下滑落。正是這些血染紅了男人的衣服，在地面上形成了一灘血水。

泉女驚聲尖叫起來，狼狽地摔倒在地。壽雪朝前方的煙霧輕輕吹氣，男人霎時消失得無影無蹤。隨即壽雪奔到泉女的身邊一看，幸好還沒有失去意識，壽雪於是在九九的協助下，將她攙扶到躺椅上坐下。

「那是索巴秀。」

臉色鐵青的泉女說道。她的聲音微微顫抖，呼吸急促而紊亂，壽雪在她的背上輕撫，要她深呼吸。只見她深深吐了兩、三口氣，臉色才稍微好轉，泉女緊緊握住了白珊瑚佩飾，說道：「……那幽鬼是索巴秀。」

壽雪叫來一宮女，倒了杯水讓泉女喝下。泉女好不容易稍微恢復了冷靜，但聲音依然不住打顫。

「汝識得此人？」

「巴秀……是我的未婚夫。由於家住得近，我跟他從小就是青梅竹馬，感情很好……不像一般的未婚夫妻，必須要到婚禮上掀起蓋頭的那一刻，才會知道對方的長相。」

泉女結結巴巴地說著。

「我們的家鄉有個習俗，新人在結婚前，必須到土地神的廟裡參拜，將結婚一事稟報土地神。三年前，我們一起出發前往廟裡參拜，我這邊還有我的母親及隨從，他那邊也有他的父母及隨從。土地神的廟位於深山之中，來回需要花上整整兩天的時間，我們都帶著順便遊山玩水的心情前往。由於參拜者到了山腳下就不能再乘馬，必須徒步或坐轎子上山，雖然巴秀的腳力很好，但一行人還有女人跟年長者，所以我們決定坐轎子……沒想到這竟然是個天大的錯誤。」

泉女嘆了口氣，語氣中帶著深深的懊悔。

「轎子由前至後的順序是巴秀的雙親、我的母親及我，隨從分別徒步跟在巴秀的雙親及我的母親身邊。至於巴秀，則徒步跟在我的轎子旁。由於是山路，轎夫們也不敢大意，走得相當緩慢。一行人就這麼走了一會兒，沒想到突然下起了雨。雨勢越來越大，我們連前面的轎子也看不清楚，但我感覺得出來，我乘坐的轎子前進得很慢，離前面的轎子越來越遠。巴秀起了疑心，催促轎夫們加快腳步，但兩名轎大卻只是言詞敷衍，並沒有照做。過去我們就曾聽說有的轎夫會心存歹念，向客人勒索高昂的費用，甚至是搶劫客人的財物，但萬萬沒想到真的會遇上，當初挑選轎夫，我們還刻意挑選看起來比較老實、正直的年輕人……他們看我跟巴秀身邊沒有隨從保護，所以挑了我們下手。在那大雨之中，這群人終於露出了真面目，他們放下轎子，掏出了尖刀，逼我們交出財物。如果只是這樣，巴秀原本也不打算抵抗，但沒想到他們還打算把我擄走，所以巴秀他……」

巴秀當然不會答應。

「巴秀擋住了那兩個轎夫，要我獨自逃走。他對我說，母親他們的轎子應該還沒有走遠，趕快去向他們求救。於是我拚命往前跑……因為下雨的關係，地上相當濕滑，我摔跤了好幾次，那是我這輩子第一次如此痛恨下雨。當我帶著隨從們回來的時候，巴秀已經……」

泉女沉默了半晌，深吸一口氣，才以沙啞的聲音說道：「死了。」

她接著描述，那兩名轎夫雖然當下逃走了，但馬上就被捕吏抓了回來。搶劫加上殺人，當然是死罪難逃，不久之後，兩人便遭到處死。

「……如果當時巴秀沒有幫助我逃走，真不曉得我會有什麼下場……但我沒想到巴秀竟然會化為幽鬼，沒辦法前往極樂淨土……」

泉女以袖子摀住了臉。壽雪心想，巴秀既然慘死刀下，化為幽鬼也不是什麼奇怪的事情，或許泉女的心中也隱約猜到了吧。昨晚壽雪問她是否不知幽鬼來歷的時候，她遲疑了一下，想必只是不願意接受未婚夫化成了幽鬼這個事實。

——但那幽鬼的樣子頗不尋常……

壽雪再度走向門口，望向屋外。

「汝在家鄉之日，從不曾見此幽鬼……且此幽鬼只在門外佇立，並不進門……」

壽雪轉頭望向泉女。

「對……」泉女點了點頭。

「此幽鬼……」

壽雪指著門口說道：

「必為『使部』無疑。」

「『使部』……？」

泉女歪著頭問道。

「一如道具，受人差使，專為詛咒而來。」

「詛……詛咒？」泉女驚愕得瞪大了眼睛。

「詛咒之跡，昭然若揭，此點應無疑慮。然此詛咒乃是何人所下，所為何事，難以知悉。此幽鬼並無逞凶意圖，但於雨日佇足門外。何做此無益之事，令人費解。」

壽雪皺眉說道。

——就現階段來看，唯一的用處只是嚇嚇泉女。

「將詛咒還報術者之身，並非難事，然此時尚不知術者意圖，不應輕舉妄動。此等詛咒，即便還報彼身，術者亦不至死。如若打草驚蛇，使彼再下新咒，反弄巧成拙……此是何人所為，汝全然不知？」

泉女用力搖頭。

「既是如此，當先詳查，再作打算。」

「娘娘……您說的詳查是指……？」

「汝身邊之人。」

「呃……」泉女不安地問道：「娘娘的意思是說，施術者是我身邊之人？」

「若與汝毫無瓜葛，何必下咒？此人必在汝身邊，應不難尋。」

泉女縮了縮脖子，環顧四周後說道：「我……我該怎麼做？」

「汝身邊誰人能下詛咒？抑或誰人有下咒之由？汝試思之。」

「好……」泉女緊張地點了點頭。

「幽鬼雖不入房，吾當於此樹一結界，以防萬一。」

「謝謝娘娘……」泉女按著胸口，似乎感到安心了些。壽雪從懷裡取出一捆纏繞在棍棒上的絲線，將絲線沿著房間角落繞行一圈。

「……此等結界，本為巫術師所長，吾不擅此算計布置之術。」

壽雪一邊在地板上牽線，一邊說道。這個結界的原理，其實與當初在鵲巢宮池塘所施展的結界大同小異，巫術師之術與烏妃之術頗有相似之處，卻又不盡相同。至於兩者是否有著相同的根源，自己也不甚清楚。

最後壽雪在門口處將絲線的兩頭綁在一起。

「成矣。」壽雪起身說道。泉女不住道謝。

「雖有結界，終非治本之法。」

壽雪見泉女頻頻道謝，趕緊說道。

泉女搖了搖頭。「不，至少能讓我安心睡覺。」

「……所言亦是。」

壽雪凝視著泉女的蒼白臉孔。

——對這樣一個弱女子下詛咒，能得到什麼好處？

壽雪想來想去，實在不明白施術者的用意。凡是詛咒，或多或少都會對施術者自身造成負擔。強大的詛咒一旦遭到反擊，施術者很可能會送命，反擊者的能力越強，施術者的處境就越危險。整體而言，詛咒實在是害多而利少的事情。

——或許施術者是個相當有自信的巫術師，認為自己的詛咒絕對不會被破解吧。

但如果是那麼高明的巫術師，為什麼要對區區一介侍女下咒？如果施咒的對象是像高峻那樣的重要人物，還能夠理解……

壽雪想到這裡，不禁眉頭深鎖。

——恐怕又是一樁麻煩事。

壽雪在這方面的預感通常很準。

✿

壽雪走出房間，打算先回夜明宮再說。來到外廊上，忽看見一行人朝這裡走來。

「啊……」泉女輕呼一聲，趕緊退向牆邊。

「鶴妃娘娘來了。」泉女低聲對壽雪說道。壽雪不禁心想，原來鶴妃的年紀這麼小。走在最前面的是一名少女，後頭跟了一大群侍女，那少女的年紀看起來比壽雪過去見過的妃嬪都年幼得多。

——好像蝴蝶。

這是壽雪對鶴妃的第一印象。鶴妃走起路來步伐輕盈，彷彿沒有重量，宛如一隻在花叢之間飛舞的蝴蝶。她穿著一件縫了銀線的深紫色長裙，裙襬上下翻舞，露出底下的銀鞋；至於頭髮結的則是雙環髻，剩下的頭髮柔順地垂掛在腦後，髮絲泛著油亮的光澤，一對漆黑的瞳孔也有如反射著陽光的水面一般閃爍著光芒。

她的模樣宛如一隻擁有美麗翅膀的蝴蝶，一隻對這個世界充滿好奇的蝴蝶。

鶴妃睜大了一雙妙目，凝視著壽雪說道：「聽說妳就是烏妃？」

連聲音也充滿了朝氣。她站在壽雪的面前，毫無顧忌地以一對水汪汪的眼睛觀察著壽雪。她的身高比壽雪高了一點，年紀應該和壽雪相去不遠。

「像一隻小鳥。」

鶴妃朝壽雪上下看了半晌後說道：

「妳知道有種鳥叫『小雀』嗎？妳長得好像那種鳥。」

——高峻也曾經這麼說過。

壽雪不禁感到好奇，自己真的跟「小雀」那麼像嗎？

「頭是黑的，身體是白的，翅膀在陽光照耀下會變成銀色，真的很漂亮。我最喜歡銀色了。」鶴妃瞇著眼睛說道。

壽雪不由得蹙起雙眉，鶴妃這句話，難道是在暗示她知道自己的頭髮本來是銀色？但壽雪仔細一看，鶴妃的鞋子上也有著銀絲刺繡，插在髮髻上的簪子也是銀製品，一般妃嬪的髮簪大多都是金色，銀簪相當少見。看來她真的只是單純喜歡銀色而已。

「是泉女把妳找來的，對吧？她最近這陣子有些無精打采，我也正在擔心呢。畢竟幽鬼這種東西，可沒辦法靠錢來打發。像這種不講道理的對手最難應付了，對吧？」

鶴妃將頭微微歪向一邊，彷彿在尋求壽雪的認同。

「世間不講道理之輩，豈獨幽鬼？」

「呃，是嗎？妳跟我爹有點像呢。」

「咦？」剛剛不是才說像小雀嗎？

「我爹說起話來，也是這麼一副老神在在的模樣。」

簡單來說，就是外表像小雀，態度像父親吧。壽雪不知該如何回應，只好默不作聲。

「烏妃，妳叫什麼名字？」

「……柳壽雪。」

「壽雪，我叫晚霞，這是陛下賜給我的名字。」

壽雪輕輕點頭。這已經聽說了。

「壽雪，要不要一起喝杯茶？我想跟妳多聊聊呢。」

她想聊什麼？難不成要聊幽鬼？眼前這個名叫晚霞的少女令壽雪有些摸不著底細。

「敬謝不敏，吾欲歸矣。」

壽雪說得斬釘截鐵，轉頭就走。從晚霞的口中，多半問不出什麼與詛咒有關的線索，與其浪費時間跟她聊天，不如在侍女們之間打探消息。壽雪朝著站在晚霞背後的侍女們瞥了一眼，乍看之下並沒有神情詭異的人物，每一名侍女的身上都穿著上等的衣物，與泉女相同，而且有不少人跟泉女一樣身上掛著白珊瑚佩飾，或許這是最近的流行吧。

壽雪快步離去。晚霞依然微微歪著頭，什麼話也沒說。

「烏妃娘娘……烏妃娘娘……」

壽雪沿著來時的路往回走，正要從後門離開泊鶴宮，忽然聽見了一名宮女的呼喚聲。轉頭一看，正是剛剛來到這裡時，站在遠處那個神情古怪的宮女。那是個身材嬌小的宮女，因乾燥而泛紅的臉頰看起來相當可愛。

「我原本是……鵲巢宮的宮女。」

少女的聲音相當清脆，但語氣卻有些支支吾吾。

「……鵲巢宮？」

在鵲妃過世之後，原本鵲巢宮的宮女及宦官全都被調往他處，如今鵲巢宮大門深鎖，一個人也沒有。

「當初是我將宮女的衣服借給了鵲妃娘娘。」

壽雪一聽，不由得瞪大了眼睛。原來當初鵲妃暗訪夜明宮時，身上所穿的宮女襦裙，是向眼前這名宮女借來的。

「那個時候……我知道鵲妃娘娘正因某事而傷心欲絕……但我除了借她衣服之外，什麼忙也幫不了。」

少女的聲音微微顫抖。

「我親眼看著鵲妃娘娘日漸衰弱，清醒的時候也像作著惡夢……我們身為宮女，當發現主人不太對勁的時候，應該要趕緊通報才對……但我們什麼也沒做……」

少女垂下了頭，眼神中流露出強烈的懊悔。壽雪凝視著少女那微微抖動的睫毛。

「……人皆有其分，但謹守本分可也。」

壽雪說道：

「汝便有救鵲妃之心，亦無能為力。事後徒然懊悔神傷，又有何用？」

沒錯，她又何嘗不是如此？壽雪忍不住望向自己的雙手。自己有多少的能耐，自己應該最清楚才對，然而當事情發生之後，還是會忍不住懊悔沒有盡更大的努力。

「悔之無益，不如供養之。祈求鵲妃之魂平安渡海，他日飛渡星河，重獲新生。」

想要化解心中的悔恨，祈禱是相當好的方法。

「祝之禱之，祈之願之。」

少女以含著淚水的雙眸仰望壽雪，接著緩緩點頭。

「謝謝烏妃娘娘……鵲妃娘娘一定也很高興您出手相助。」

原本凝重的表情直到這一刻才和緩了些，少女轉身回到了她自己的工作崗位。

「娘娘，您今天真的是來對了。」

站在旁邊的九九說道：「我相信她跟娘娘談過之後，心情應該也輕鬆了不少。」

「吾不曾言何微言大義。」

「我想她需要的不是微言大義，她只是想要和娘娘說說話，向娘娘傾訴心聲。剛剛娘娘很認真地聽她說話，很認真地思考該給她什麼樣的建議，這樣就夠了。」

「……此言甚是。」

壽雪心裡很清楚，所謂的烏妃，其實並沒有什麼通天的本事。即使如此，烏妃的一句話，還是隱藏著讓一個人重拾希望的力量。

入夜之後，天空逐漸凝聚了厚厚的一層烏雲，似乎隨時會下雨，這是個異常悶熱的夜晚，皮膚感受不到一絲涼風。壽雪坐在窗邊，拿著扇子輕搖，半冷不熱的風，帶著濕氣拂上了臉頰。窗外的黑暗是如此深邃而濃稠，宛如沉澱在深海之中的淤泥。

在那片淤泥之中，忽然有一團微弱的亮光微微搖曳。壽雪驟然停下了手腕的動作。

「陛下來了？」

眼尖的九九看了壽雪的神情，立刻便知道發生了什麼事。「我去煮茶。」

「如此蒸暑，豈望飲茶？」

壽雪見九九急著要走向廚房，不禁有些哭笑不得。

「不然我去削桃子吧！我放了一些在井裡冰著呢。」

「彼來此有所備，何須費神？」

「啊，這麼說也對。不知陛下今晚帶了什麼來？」

果然不出壽雪所料，高峻身邊的衛青提著一只籃子，裡頭放著進貢的甜瓜。

「這是塔州的甜瓜。夏天吃甜瓜最是應時。」高峻說道。

明明天氣炎熱，他的臉上卻絲毫沒有悶熱難受的表情。這人本來就喜怒不形於色，就算身體不舒服，恐怕也看不出來。

不過他今天身穿一件寬鬆的生絹上衣，顯然或多或少還是感到有些熱吧。那淡藍色的上衣光看就給人一種涼爽感。

「瓜可解熱，甚好。」

兩人相對而坐，壽雪說道：「近來蒸暑，體熱而不汗，暑氣難排，吾正愁之。」

「那太好了，多吃些瓜吧。」

高峻淡淡地說道。他的口吻還是如此靜謐而沉穩，有如嚴冬中的高山。

九九將切好的甜瓜端了上來。

高峻一邊吃著，一邊緩緩說道：「聽說妳去了一趟泊鶴宮？」

壽雪心想，多半是溫螢向上呈報了吧。

「這次的事情，有沒有什麼危險？」

自從發生了鵲妃及梟那件事之後，高峻這陣子常擔心壽雪的安危。

「諒無危險。」

泉女遭遇的詛咒閃過了壽雪的腦海。若說毫無風險，似乎也沒什麼把握。

高峻凝視著壽雪，問道：「是否該多派一些護衛給妳？」

「護衛但會使劍，不通巫術，亦是無用。」

「當年炎帝……我的祖父把巫術師盡數驅逐了。現下護衛雖然只會使劍，但有劍總強過無劍。」

當初與宵月對戰時，刀劍與弓箭確實是有效的武器。如果真的遇上了什麼危險，只靠溫螢一人恐怕是不夠的，這不僅是自身安危的問題，還關係到了溫螢的安危。

——但是讓夜明宮的人增加太多，恐怕也不是明智之舉……

壽雪將一塊白色的瓜肉送入口中，輕輕一咬，登時滿嘴清爽甘甜的汁液。

「……武藝高強者，一人即可。」

身邊的人一多，就得為了保護這些人而安排更多的人，如此形成循環，便再也遏止不了了。正因如此，當初麗娘才會再三耳提面命：烏妃必須孑然一身，不得有侍女、宦官隨侍在側。一旦身邊多了人，就算烏妃並無異心，這些人也會成為烏妃手中的長劍，成為烏妃的盾牌，成為守護冬王的堡壘。

壽雪雖然明白這個道理，卻也明白自己的心靈並沒有堅強到足以放棄身邊的一切。

——跟以前的自己比起來，如今自己竟變得如此軟弱。

壽雪已不知該如何是好。

「朕會從勒房子之中挑一個人過來。那些人個個身負絕藝，不輸給尋常武將。」

勒房子是直屬於皇帝的組織，負責維持後宮治安，由一群帶刀宦官所組成。當初壽雪遭宦官襲擊時，他們也幫上了不少忙。

「你看挑誰比較好？」

高峻轉頭問身後的衛青。

「淡海與溫螢頗處得來，或許是不錯的人選。」

衛青冷冷地說道。只要是在壽雪的面前，他的臉色通常不會太好看。

高峻輕輕點頭同意，接著轉頭對壽雪說道：「明天我就將他派過來。」

「吾聞鶴妃乃賀州出身？」

「是啊，她是沙那賣家的么女。沙那賣家是……」

「此事吾亦知之。沙那賣家乃自卡卡密遠渡而來。」

「雖說是遠渡而來，但那是很久以前的事了，當時還有伊喀菲島。」

在非常古老的時代，霄跟卡卡密之間有一座島，名為伊喀菲島，這座島剛好地處在兩國之間，遂成為了兩國公私船隻往來航行的中繼地點。但後來伊喀菲島沉沒了，兩國也逐漸變得疏遠。

「賀州受群山環繞，有肥沃的平原及港口，是一個富庶豐饒的地方。最近那裡的百姓致力於蠶業，能夠大量生產出品質相當好的生絲，雖然距離京師相當遠，但貨物經水路輸送相當便捷。」

霄國雖是島國，但內陸多山，從各地前往京師大多仰賴海路。所幸前朝在境內挖掘了許多水路，連結大小河川，大幅縮短了各地與京師的往來時間。

「既能產上等生絲，進貢之餘，或可與異國往來貿易。」

壽雪隨口說道，沒想到高峻聽了這無心之語，眉毛竟微微抽動。壽雪一見，心裡明白背後或有隱情，為了避免惹上麻煩事，趕緊吃了一口甜瓜，同時岔開話題：「晚霞之名，是汝所取？」

「是啊。沙那賣一族的習俗，即便是對兄弟姊妹，也不得告以真名。每個族人的真名，都只有父母才知道。」

「子女之事，全由父母掌控？」

知道名字，代表握有掌控權。顯然在沙那賣一族，父母對子女擁有絕對的權力。

「朕只聽說他們對年長者相當尊敬……妳見過鶴妃了？」

「然。」

「妳對她……有何感想？」

「何作此問?」

「朕實在不太知道該怎麼和她相處。」

「噢?」壽雪目不轉睛地看著高峻。高峻很少會說出像這樣的話。

「寥寥數語,不能知其為人,然吾觀此女似頗為良善。」

「妳的意思是說,她看起來似乎沒有惡意,但難以摸清她的本性?」

「天下之人,大抵如此。」

壽雪雖然如此應答,心中卻多少能夠體會高峻的感受。晚霞是個令人捉摸不透的女孩,壽雪甚至難以判斷她對自己到底是抱持好感還是反感。

「鶴妃的父親,也是個城府極深的男人。沙那賣家在賀州並不擔任州官,在朝廷也不具官職,卻是賀州的實質統治者。中央派遣的官員與地方上的豪族通常有些摩擦,這是很正常的事情,但是鶴妃的父親卻沒有這個問題,朕懷疑官員都被他收買了。妳進出泊鶴宮,務必小心謹慎。」

明明是不信任的人物,卻將其女兒納為妃子。說穿了,就是當作人質吧。

——晚霞是高峻用來牽制沙那賣家的人質。

高峻的口氣相當平淡,連壽雪也看不出他對此事作何感想。她不禁心想,或許晚霞的父親與高峻是同一類人吧。此時壽雪忽然想到一件事，說道：

「鶴妃曾言，吾似她生父。」

高峻微微歪著頭說道：「不，一點也不像。」

「據彼女所言，雖五官不似，然舉止儀態有雷同之處。」

「是嗎……？」高峻的臉上依然帶著狐疑之色。

「彼女亦言吾姿態貌似小雀……汝亦曾作此言。」

「……鶴妃說妳像小雀？」高峻皺眉說道。

「然也。」

高峻沉默不語，臉上帶著複雜的表情。或許他正在想著小雀的羽毛是銀色的事情吧。

「……委託者是鶴妃的侍女？」

「然，此侍女受幽鬼纏身。」

高峻凝視著壽雪，問道：「不覺得痛苦嗎？」壽雪眨了眨眼睛。高峻低下了頭，想了半晌後說道：

「每天在這裡幫上門的人解決問題，這種生活不覺得痛苦嗎？」

原來他說的是烏妃的生活。壽雪不禁露出苦笑。

「事已至此，夫復何言？」

「正是因為事已至此，朕才想問個清楚。」

他指的多半是不久前才剛發生梟的事。

「……已成定局之事，無能為也。」

為了霄國的安寧，一來不能沒有冬王，二來烏妃不能以冬王的姿態在外拋頭露面，壽雪只能在這裡生活至老死，一輩子無法離開宮城。不僅如此，而且每到新月之夜，還得遭受宛如身體四分五裂的煎熬。

高峻陷入了沉思，壽雪也不再說話，只是望著槅扇窗外的黑夜。若是以前的自己，在面對高峻的溫柔時，反而會感到心情煩躁，但如今高峻所說的每一個字，卻像是絲絲細雨，靜靜地滲入胸口的每個角落。

對壽雪來說，這反而是更加難以承受的事情。

臨去之際，高峻瞥了一眼壽雪的腰帶。

「妳終於肯掛上了。」

壽雪腰帶上掛著的正是高峻製作的木雕魚形佩飾。雖然尾部有些缺損，但她並不在意，這個缺角是當初梟來襲時，高峻為了保護自己所造成的。

壽雪也跟著低頭望向那魚形佩飾，伸手輕輕撥弄。走路的時候，魚形佩飾會隨之搖擺，模樣相當可愛。

「吾頗愛之。」

或許是壽雪難得說得這麼坦率，高峻愣了一下，才開口說道：

「那太好了。」

他的臉上漾起一抹微笑。

空氣中不斷飄來梔子花的濃香。雨水及青草的氣味，都被這股濃膩的甜香掩蓋了，那花瓣的色澤宛如吸飽了月光，與其讓它沐浴在白晝的陽光下，不如讓它置身在黑夜，甚至是更加深邃的黑暗之中，其淒美的形象才能展露無遺。

在濃烈刺鼻的梔子花香氣包圍下，壽雪再度來到了泉女的房間。

「昨晚那幽鬼又來了，但我有烏妃娘娘所賜的符紙及結界，所以不再那麼害怕了……謝謝娘娘。」

泉女如此告訴壽雪。今天她的氣色確實好多了。

「何況……我已經知道那幽鬼是巴秀。」

泉女的臉上露出了寂寞的笑容。

「我相信他就算化成了幽鬼，也不會加害於我。」

「不然，幽鬼之行徑與常人不同，不可輕忽。」壽雪提出警告。

「好的……」泉女只是點頭應了一聲，沒有多說什麼。壽雪先吩咐九九退到房間角落，接著打開通往戶外的門，門外依然頗為陰暗，幾乎照不到晨曦。

「烏妃娘娘，昨天您離開之後，我依照您的吩咐，好好想了一想……」

泉女站在槅扇窗前，雙手交握，顯得有些緊張。

「但我還是想不出有誰會對我下詛咒，也想不到身邊有誰能做到這種事。我從來不曾和身邊的人起過爭執……或許我做了什麼遭人怨恨的事情，自己卻沒有察覺吧。」

所謂的怨恚，往往是在當事人沒有察覺的情況下形成的。有可能招來怨恨的原因，除了生活上的過節之外，大概就是與鶴妃有關了。

——或許應該找其他侍女問問看。

「此宮侍女，皆是隨鶴妃自賀州入京者？」

「有些是在晚霞小姐決定入宮之後才募來的，但大家都是賀州出身。」

詛咒在鶴妃還沒進入後宮前，便已開始了。由此看來，多半與打從一開始就跟在鶴妃身邊的侍女有關。

「吾欲尋侍女中年資較長者問話，個性輕浮饒舌者最佳。」

「唔……侍女中年資最長的是吉鹿女，但她個性嚴謹，可能很難問出什麼話來。啊，可以問藤粳女，她當上侍女的時間只比我晚一點，而且因為年輕的關係，很愛嚼舌根……」

壽雪於是吩咐泉女將藤粳女帶來。泉女走出房間，不一會兒門外便傳來高亢的說話聲。

「鹿女姊叫我準備花，說是要裝飾在寢殿裡，我還沒有準備好呢。等等要是鹿女姊發起脾氣，泉女姊，妳能幫我解釋嗎？聽說今晚陛下要臨幸，鹿女姊變得很神經質，一下子說衣著不對，一下子說焚的香不夠好……」

——高峻要來？

這麼說來，今天泊鶴宮內確實每個人都在忙進忙出，跟昨天的氣氛不太一樣。原來是因為皇帝要臨幸，大家都在忙著準備。

「好、好，等等我會向鹿女姊解釋。烏妃娘娘問妳話，妳可要好好回答。還有，說話小聲一點，別這麼大嗓門。」

泉女一臉無奈地將粳女帶進了房間。粳女也是昨天站在鶴妃身後的侍女之一，她有著光滑柔嫩的皮膚及一對圓滾滾的大眼睛，看起來相當可愛。但或許是性格有些粗線條的關係，髮髻及襦裙都有些紊亂。她對著坐在椅子上的壽雪猛眨眼睛，簡直像在看著什麼珍禽異獸。

「三兩事相詢。」

壽雪才說這麼一句話，粳女立即連連點頭，如連珠炮般說道：

「我知道，泉女姊都跟我說了。是跟詛咒有關的事，對吧？但很遺憾，我對這些事完全不清楚。您是不是還想問，泉女姊是否遭人怨恨？這我也從來沒聽說過，在鹿女姊的監督下，誰敢亂來？」

壽雪聽得有些納悶，進一步詢問詳情，粳女於是說道：

「鹿女姊說，怨、嗔、妒是三大惡，觸犯的人一定會遭天譴。唯有身心清淨的人，才能獲得喜樂。她還說，這也是白妙子的教誨。」

「……白妙子何人也？」

「白妙子不是人類，是八真教的神明。在京師這一帶好像沒什麼人知道，但在賀州可是相當有名，還蓋了好多座廟。」

「八真教……」

這名稱好像在哪裡聽過……

——不對，那是「月真教」……

月真教是欒冰月所創立的宗教。八真教與其名稱相似，不知有無關聯？不過既然都是新興宗教，名稱相像似乎也不是什麼奇怪的事情。如今全國各地都出現了新的信仰，月真教也是其中之一。信奉烏漣娘娘的人越來越少，廟也冷冷清清，就連冬官府的星烏廟，也是一副蕭條景象。

「我們宮裡的侍女，幾乎都是八真教的信眾，泉女姊當然也不例外。泉女姊，對吧？」

粳女轉頭說道，而泉女點了點頭。

「巴秀剛過世時，我整天以淚洗面。自從入了八真教後，我的心情才變得輕鬆不少。」

泉女撫摸著身上的白珊瑚佩飾，每當她想要讓心情恢復平靜時，就會做出這個動作。

「此佩飾從何而來？」

「這是八真教信眾的信物，我也有一個。」

粳女拿起掛在腰帶上的佩飾，接著卻又以滿不在乎的態度說道：「其實我不是什麼虔誠的信眾，只是因為這個東西太可愛了，所以才把它掛在身上。」

「……八真教與月真教有何關聯？」

「月……月真教？」

粳女與泉女都愣了一下。

「汝等不知月真教？然則白妙子是何來歷？」

「我剛剛不是說了嗎？白妙子是神明，我們都沒有見過。對了，我們有位巫女……她叫什麼來著？」

「隱娘。」

泉女的口氣帶了三分責備之意。

「啊，對。她叫隱娘。另外還有一位教主，負責管理大小事務。」

壽雪蹙起眉頭，沉吟了起來。

「鶴妃娘娘對這種信仰沒興趣，她不是八真教的信眾，也不會佩戴白珊瑚。但她並不會干涉侍女們信教，反正侍女們信教，也不曾惹出什麼麻煩。鶴妃娘娘真不知該說是寬宏大量，還是對他人漠不關心……」

「粳女，妳別亂說話。」

「啊，我說錯話了嗎？不過娘娘您可別誤會，我不是討厭鶴妃娘娘。我很慶幸我們侍奉的娘娘不是個愛管東管西的人，而且她很慷慨，一天到晚送我們襦裙、髮簪什麼的。對了，泉女姊，妳上次不是拿了一件松葉色的衣服嗎？那件不會看起來太樸素嗎？為什麼不挑另外那件紫色的呢？那件漂亮多了。是不是因為那件被鹿女姊看上了，妳不好意思拿？」

粳女口無遮攔地說個不停，話題變來變去。

「沒那回事，我只是覺得那件松葉色的稍微修改之後，很適合送給婆婆。」

「婆婆……妳說的是那個過世的未婚夫的媽媽？但妳上次不是才送了東西給她？或許我不該多嘴，但你們又沒有成婚，何況他人也死了，何必還做這些事？」

粳女露出不以為然的表情。

對此泉女只是淡淡一笑，然而臉上卻滿是寂寞。

「如果不再與公公、婆婆往來，我跟巴秀就真的變成陌生人了。」

「這有什麼好在意……」粳女露出一臉難以理解的表情。

「當初我決定要隨著晚霞小姐進宮時，公公、婆婆都很為我擔心。畢竟後宮這種地方雖然氣派華麗，卻也有可怕的一面，妖魔鬼怪的傳說從來沒少過……」

「是啊，我也聽過不少，真的很有意思。」粳女說，顯然她是個喜歡聽鬼故事的人。

泉女則或許是因為正受幽鬼纏身，忍不住皺眉說道：

「一點意思都沒有。粳女，妳別說這種話……」

「啊，拜託妳別向鹿女姊告狀。烏妃娘娘，您已經問完了嗎？我可以離開了？」

壽雪正陷入沉思，此時聽粳女這麼問，才抬頭說道：

「已無他事相詢，耽誤汝正事，還望海涵。」

「別這麼客氣，我剛好可以趁機偷懶一下……啊，這句話可別告訴鹿女姊。」

粳女嗤嗤竊笑，轉頭奔出了房間。真是個靜不下來的女孩。

「娘娘，真是對不起，她太沒有教養了……她家在沙那賣一族裡地位不高，或許她的父母有些疏於管教……」

「無妨。朝氣勃勃，亦是好事。」

泉女面露微笑，說道：

「有朝氣確實是她的優點。我每次跟她說話，都覺得自己也變開朗了。」

「既有此等人物，汝當與她多多往來。」

「呃……好……」

泉女的臉色彷彿在訴說著自己一定會被她搞得心浮氣躁。但正因為粳女能引出泉女心中的這些感情，泉女才更應該多與她相處，讓心情獲得排解。

「不怨、不嗔、不妒，但求身心清淨……」

這似乎是八真教的教誨。

「心累之人，聞此教誨必然趨之若鶩。」壽雪不禁感慨。

「娘娘，您的意思是……？」

「怨、嗔皆令身心困頓。若能放下，心自平靜。然而怨、嗔皆由心生，豈能不思不想，說忘便忘？尋常之人，與其不怨不嗔，莫如少怨少嗔，更近人情。」

壽雪垂下了頭，接著說道：

「然因怨、嗔而心累之人，不思不想，亦是解脫之法。」

泉女靜靜聆聽，似乎在思索著這番話的深意。

「……八真教中可有巫術師？」

泉女聽了這突如其來的問題，眨了眨眼睛，說道：

「巫術師……？有的，有些信眾及廟祝會施巫術，教主白雷大人也是巫術師。」

「既是巫術師，當知詛咒之法。」

「娘娘，您是說……」泉女吃驚地摀住了嘴。「下詛咒的是八真教裡的人？」

「詛咒非等閒之人可為。除八真教眾，汝身邊尚有人可為此事？」

「話是這麼說沒錯……但若只因為這個理由，就懷疑八真教的巫術師下詛咒，是否太過於武斷了？」

「但嫌疑甚大耳。試想汝身邊之人欲對汝下咒，可託誰人為之？方才粳女亦言，八真教於賀州聲勢鼎盛，泊鶴宮內侍女盡皆教眾，此話應當不虛？」

「但是……我不認為八真教徒會做這種事。」

泉女握緊了佩飾，說道：

「巴秀剛死的時候，我每天食不下嚥、夜不安枕，心裡恨極了殺害巴秀的那兩個人……但他們遭處死之後，卻變得不知道該恨誰才好。我每天都在埋怨自己，當初不應該前往土地神的廟，不應該坐什麼轎子。後來，巴秀的父母帶我到八真教的廟裡參拜。我在那裡遇見了教主大人，教主大人對我說，應該把心中的憎恨與懊悔都放下，交給白妙子帶走。教主大人還送了這個白珊瑚佩飾給我，當我一觸摸它，突然感覺神清氣爽、身心舒暢，就好像心頭有一道涼風吹過。在那個當下，是真的獲得了慰藉。」

壽雪默默聽完了泉女的描述。

「……交給白妙子帶走……？」

壽雪望向門扉，呢喃說道：

「帶往何處？」

「咦……？」

泉女愣住了，一時答不上來。壽雪接著說道：

「下咒之法，大抵有數種，最常見者，乃以咒物贈與其人。所用咒物，亦不相同，或為篦櫛、戒指、首飾，或於贈物中暗藏蛇、蝦蟆、毒蟲等活物。汝離賀州時，可曾接納他人餽贈之物？」

「餽贈之物嗎……？親朋好友送了我不少東西。」

「都在這房內？」

「東西太多了，我只帶了幾樣來。」

「願借一觀。」壽雪說道。

泉女於是打開櫥櫃，取出了一只盒子。那盒子是以檜木製成，外層飾以錦布，看起來華麗高雅。

「這只盒子是我舅舅給我的，我把所有收到的禮物都放在這裡頭，這些東西都是我最珍惜的寶物。這是祖父母送的薄絹、這是外公、外婆送的腰帶。由於賀州盛產優質的生絲，所以餽贈的禮物大多是絲織品。至於這個是父親那邊的親戚……」

「此是何物？」

壽雪指著放在盒底的一個布包問道。那是個很薄的小布包，外層的布為薄縹色❷，上頭挑染著白色花紋。

「這是巴秀的父母送我的八真教護符，據說能消災解厄。原本他們叫我放在床鋪下，因為怕不小心弄丟或扯破，所以收藏在盒子裡。」

壽雪攤開那布包一看，裡頭確實放著一張以黑墨畫著奇妙文字與圖案的麻紙。她凝視著那符紙，半晌沒有開口說話。

「娘娘……」

「……此符並無消災解厄之效。」

「咦？」泉女整個人愣住了。

「此乃咒符，上頭所書文字皆為咒言。」

壽雪望著泉女說道：

「此等咒物，向為巫術師所長，施術者必為巫術師。彼既言八真教護符，作此符者當

2　淡藍色。

為八真教內之人。巴秀父母贈汝此符，誆稱消災解厄之符，要汝置於床卜，其惡毒可見一斑……舉凡咒物，或埋於床下，或置於梁上，最具效果。」

泉女整個人都僵住了，臉上甚至還帶著尚未消散的笑意。過了半晌，只見她雙頰抽搐，開口說道：

「娘娘……您的意思是說，對我下咒之人是巴秀的父母？」

壽雪沒有回答。眼前的符紙，已經證明了一切。巴秀的父母當初交付符紙時說了什麼話，泉女自己當然最清楚。

「這不可能……對了，婆婆他們一定也不知情……不然的話，怎麼可能……」

泉女的身體微微顫抖。

壽雪再度低頭望向那符紙。就算真的是巴秀的父母在受到欺瞞的情況下，將這咒符送給了泉女，但施術者為什麼要對泉女下咒？還有更重要的一點，為什麼這場詛咒是以巴秀的幽鬼為「使部」？

剛剛壽雪聽到泉女如今跟巴秀的父母還時常往來，心頭就有股不好的預感。因為巴秀慘遭殺害，而泉女卻還活著，巴秀的父母是抱著什麼樣的心情與泉女往來？泉女心中對此又作何解釋？

但是壽雪並沒有對泉女說出心中的疑慮。因為這畢竟只是自己的想像，她不認為可以隨意將這種話說出口，而自己能為泉女做的事情，也實在相當有限。

「吾當反饋此咒。」

泉女吃驚地抬起了頭。

「以此咒還報巫術師及委託者之身。此咒非以咒殺為目的，施術者當無性命之憂。但巫術師若為庸庸碌碌之輩，恐有大禍臨頭。」

壽雪說完之後，朝那符紙瞥了一眼。這個巫術師非但不是庸庸碌碌之輩，而且恐怕是第一流的高手。

——第一流的巫術師，到底是為了什麼目的，才會設下這種惡作劇程度的詛咒？

壽雪不禁皺起了眉頭。對方的用意，實在令她捉摸不透。

「詛咒反饋，『使部』便得解脫。巴秀幽鬼當即消失，往赴極樂淨土。」

壽雪摘下髮髻上的牡丹花。那牡丹花的花瓣在手中逐漸化為淡紅色輕煙，纏繞在指縫之間，接著她將符紙拋向空中，符紙一邊墜落，一邊翩翩翻舞，而後壽雪對準了符紙，輕輕吹出淡紅色煙氣。

那符紙靜靜地燃燒了起來，在淡紅色火焰的籠罩之下，符紙在空中不斷翻滾、跳動。壽雪伸出手掌輕輕一翻，忽有一陣風朝著門扉颼去。

「速回汝主處。」

火焰驀然化為一根箭矢，以猛烈的速度朝著門外飛去，霎時之間，不知何處傳來類似玻璃碎裂的聲音。那箭矢越飛越高，不過一眨眼，已消失得無影無蹤，晦暗的空中只留下一縷若有似無的淡紅色煙氣。

壽雪接著往後退了一步。從「使部」的束縛中獲得解脫的幽鬼，在門外緩緩現形，有如海市蜃樓般不住搖曳。幽鬼的輪廓正逐漸變得清晰——那幽鬼正是巴秀，此刻他身上的刀傷正不斷湧出鮮血。

泉女一聲不響地奔上前去，在門邊停下腳步，眼眶積滿了淚水。

「……巴秀……」

泉女朝著幽鬼又踏出了一步。但壽雪突然揪住了泉女的手腕，將泉女往後拉。

「烏妃娘娘……您做什麼……」

泉女一句話才剛說完，旁邊忽然傳來「噗」的一聲輕響。轉頭一看，原來是巴秀張開了口，口中溢出大量的鮮血。只見巴秀圓睜雙眼，看著泉女，那黯淡無光的眼神中，不見半點愛憐與柔情，有的只是哀戚與憤怒。

「泉……女……」

在巴秀說話的同時，鮮血依然不斷湧出。

「妳……為什麼逃走……為什麼丟下了我……」

鮮血不停溢出……不停溢出……巴秀每說一個字，鮮血與口水混合而成的液體便帶著泡沫不斷從口中噴灑出來。他朝著泉女伸出了手，手上同樣沾滿了鮮血。

「妳……背叛了我……」

唯獨這幾個字，巴秀說得既低沉又清晰。他的形體再度如海市蜃樓般搖曳，接著從指尖開始慢慢消失，有如燃燒殆盡了一般。不過片刻之間，門外恢復一片灰暗，再也不見幽鬼的身影。

泉女癱軟在地上，瞪大了眼睛，完全沒有眨動。淚水自她的眼眶滾滾滑下，沿著臉頰滴在衣服上及地板上，留下了水痕。

「……巴秀在臨死之前……原來心裡是這麼想的……」

泉女以宛如槁木死灰般的絕望口氣說道。

「他認為我背叛了他……拋下他獨自逃走……」

泉女垂下了頭，凝視著地板。

「沒錯，當時我確實是丟下他，一個人逃走了……雖然在他擋住那兩個轎夫的時候，我是真的想要趕緊到前面叫人幫忙……但我心裡很清楚，巴秀不太可能在我回來時依然活著。如果繼續留在巴秀身邊，連我也可能會被殺……我好害怕，我不想死……所以在巴秀叫我快逃的時候，我真的逃走了……他說我背叛了他，這句話說得一點也沒錯。」

泉女完全沒有伸手抹掉不斷湧出的淚水，茫然的眼神在空中左右徘徊，找不到焦點。

「我當時是不是應該跟巴秀一起死？對我下詛咒的公公、婆婆，心裡是不是這麼期望？巴秀是不是也希望我陪著他一起離開人世？我是不是……不應該活著？」

泉女趴在地上不住地哽咽。壽雪低頭看著泉女，心情就像是正在看著自己。這種恐懼死亡的感覺，自己也曾有過，因為害怕，所以只能緊緊抱著膝蓋不停發抖，就這麼任由母親遭到殺害。

當初留下壽雪獨自離開的母親，有著什麼樣的心情？

壽雪並不知道這個問題的答案。如今自己可以回答得出來的，也不過只是一些關於幽鬼的知識罷了。

「……吾曾言幽鬼之行徑與常人不同，汝忘之耶？」

壽雪呢喃說道：

「人心複雜，所思之事非止一端。汝既懼死，巴秀自也相同。彼雖願汝獨活，卻也願汝同死，兩相矛盾，亦是人情。」

泉女抬起了頭。淚水濡濕了她的臉頰。

「此幽鬼所言，但其生前所思之一。既是詛咒，自當引出其怨憤之心，巴秀父母心中想法，或亦參雜其中。」

壽雪頓了一下，繼續說道：

「巴秀雖懼死，生前亦勸汝獨活，汝豈忘之？人心易遷，想法難測，然其行千古不變。巴秀生前終究助汝逃得性命，此舉切不可忘。」

——沒錯。

這幾句話雖然是對著泉女訴說，壽雪卻感覺到自己的心靈正在受到撼動。

——長年以來，自己一直在否定著母親當年的決定。

在壽雪的內心深處，一直在恨著母親拋下自己獨自死去。當年母親若帶著自己一起死，如今自己就不用承受這種對母親見死不救的良心苛責了……

但是……

泉女微微張著口，以一對濕潤的雙眸仰望壽雪。好一會兒之後，她對著壽雪深深鞠躬，以沙啞的聲音說道：「謝謝娘娘。」

「九九。」壽雪朝著站在房間角落的九九喊道。

原本九九一直屏著呼吸守在一旁，此時聽到呼喚，趕緊挺直了腰桿，問道：「娘娘有什麼吩咐？」

「喚藤粳女進房，另取熱水一鍋。」

九九接到指示，旋即奔出了門外。

「近期可令粳女與汝同行，彼女之生氣於汝有益。」壽雪低頭看著泉女說道：「此咒非欲汝死。便是巴秀父母，亦無殺汝之心，但心中怨恚無可宣洩耳。」

無可宣洩的負面情緒，只好靠詛咒來排除。壽雪暗自尋思施術者的用意，根據泉女的說法，八真教主曾要她「把心中的憎恨與懊悔都放下」。或許巴秀的父母也是將心中的怨恚，都放入了咒符之中吧。父母雖從痛苦煎熬中獲得解脫，其懷抱的怨恚卻在巫術師的手中化成了詛咒。

壽雪感覺到胸口燃起一股怒火。無可宣洩的負面情緒，不應藉由詛咒的方式來排除，這樣的做法，不能讓任何人獲得救贖。

「怨恚不應排之以詛咒……祝禱或可解之。」

壽雪用了「彧」字，是因為自己也沒什麼把握。或許祝禱也會形成另一種束縛。但比起製造仇恨，壽雪還是寧願選擇祝禱。

九九提著熱水，帶著摸不著頭腦的粳女走進了房間。

「汝當伴於泉女左右。」壽雪如此告訴粳女，便自另一側的房門走出屋外。外頭不僅昏暗，而且皮膚可以感覺到一股濃濃的濕氣。或許今晚會下雨吧。但是再也不會有幽鬼佇足在這個地方了。

明明沒有風，豎立在房間內的大量銅幡卻不斷摩擦，發出吱嘎聲響。在正中央處，站著一個男人，男人的臉上戴著石製面具，身穿白色長袍，頭上既沒有打髮髻，也沒有戴幞頭，只把有些花白的黑髮在背後胡亂打了個環結。

——詛咒被反饋了。

房內響起了硬物破裂的清脆聲響，一面銅幡斷成了兩半。緊接著其他銅幡也一一斷裂，刺耳的聲音在房間內此起彼落。男人嘆了一口氣，緊閉薄薄的雙唇，下一瞬間，男人臉上的石製面具倏地裂成碎塊，落在地板上。一滴鮮血自男人的額頭滑落，只見男人從懷裡掏出手帕，隨手抹去鮮血，凝視著半空中。

「……就只是這種程度？」

男人的呢喃聲極為低沉，有如呻吟一般。其臉色幾乎和身上的長袍一樣蒼白，目光如電且眼角上吊。他的年紀約四十多歲，但容貌同時兼具老成及年輕的特質，令人難以辨別年齡。而這名身材高䠷，儀態端正的男子，此刻修長的臉孔卻帶著一種神經兮兮的表情。

「看來烏漣娘娘的力量真的大不如前。」

男人的口氣中透出些許無奈。他走出房間，自外廊進入庭院後，走向了涼亭。

——多半是在這裡吧。

果然不出男人的預料，一名小女孩正躺在椅子上睡覺。那小女孩的睡姿蜷曲著身子，看起來像一隻貓。她的年紀大約十歲左右，容貌依然帶著稚氣，或許是剛剛在庭院裡玩耍的關係，白色襦裙上到處是汙泥。

「隱娘。」

男人皺起眉頭，以略帶焦躁的口氣喊了一聲，但她沒有醒來。男人嘆了口氣，轉身想要離開涼亭，卻又突然回過身來，脫下長袍，披在小女孩的身上。

「……白雷大人。」

外廊傳來小跑步的聲音。男人輕步走出涼亭，一邊朝著外廊的方向走去，一邊說道：

「什麼事？」

「原來您在這裡……啊！您受傷了？」

年輕隨從看見白雷額頭上的傷，顯得相當慌張。

「一點小傷，沒什麼。有什麼事嗎？」

「啊，對……老爺請您過去一趟。」

白雷朝涼亭瞥了一眼，接著對年輕隨從點頭說道：

「知道了，我馬上過去。」

白雷大跨步地走在外廊上，年輕隨從緊追在後。而兩人的腰帶上都佩掛著白珊瑚佩飾，在走動時不停地搖曳。

龜王

新來的宦官護衛淡海，與壽雪原本所想像的人物截然不同。

「衛青稱此人與汝處得來，吾以為是溫厚之人。」壽雪說道。

溫螢以一臉認真的表情回答：

「應該是衛內常侍故意捉弄吧。」

「故意捉弄吾？」

「不，故意捉弄下官。」

壽雪看著溫螢好一會兒，說道：

「……汝與淡海處不好？」

「下官不太喜歡他這個人。」

溫螢說得相當直率。

「但是在護衛工作的執行上，他確實能與下官發揮互補的效果。」

「此話何解？」

「淡海擅長弓術，下官則擅長體術。」

「一遠一近，確有互補之效……啊，與宵月對峙時，射箭之人便是淡海？」

溫螢點頭說道：

「沒錯，正是他一箭射中宵月的肩膀。」

原來如此。不愧是能夠獲得衛青推薦的人，在武藝上確實有過人之處。

——但性格的確是個大問題……

「烏妃娘娘，紅翹削了梨子。」

就在這個時候，淡海一手拿著一盆削好的梨子，另一手拿著一顆還沒有削的梨子，走進了房內。只見他一邊走，一邊啃起了拿在手上的那顆。淡海的身高比溫螢還要高了一些，面貌頗為俊雅，杏仁般的雙眸散發出一股迷人的魅力，然而他的舉止卻是我行我素，完全不知禮節為何物。

「淡海。」

溫螢的聲音冰冷而尖銳：「注意言行。」

「噢？你的說教變短啦？」

「現在是在娘娘的面前。等等我會一件一件說給你聽。」

「我哪記得住那麼多規矩？」

看來淡海自己也知道他需要記住的規矩多到讓他記不住。

就連平日不拘禮節的壽雪，也不禁詫異像淡海這樣的人物竟然能在後宮存活下來。

「我現在只說一件，不可以用一隻手拿餐盆。」

「就這樣？」

「兩手端餐盆，你就不會有多一隻手偷吃梨子。」

「哈哈，聽起來真有道理。」

淡海嘴上雖這麼說，口氣卻絲毫沒有佩服之意。他把餐盆放在小几上，接著說道：

「要不要順便把衣斯哈叫進來？他正在外頭跟星星玩耍。」

壽雪點了點頭。淡海嘻嘻一笑，走出了房間。壽雪見了那模樣，似乎有些能夠體會為什麼像他這樣的粗魯漢能夠在後宮吃得開了，他不僅有一張讓人發不了脾氣的笑臉，而且還有一副散發著迷人魅力的眼神。

「娘娘，請原諒他的無禮。」短短兩句交談，已讓溫螢的臉上滿是疲累與無奈。

「無妨。」壽雪說道。在壽雪的心裡，禮節只是芝麻小事。

淡海將抱著星星的衣斯哈帶進了房內。不一會兒，九九等人也進來了，眾人一同吃起了梨子。自從多了淡海，變得比以前更加熱鬧了，原本夜明宮所散發出的莊嚴肅穆氛圍，如今在白天已蕩然無存。

——不，最近這陣子可說是連夜晚也稱不上靜謐。

「烏妃娘娘，昨晚又有客人？」

淡海倚靠在門板上，一邊咬著梨子，一邊說道。

「嗯……」壽雪將一塊梨子放入口中。冰涼的水梨香甜多汁，在這種大熱天裡吃上幾口，可說是最幸福的事。

「像這樣晚上經常有客人來訪，只有一個護衛絕對是不夠的，娘娘妳把我找來，真的是做對了。」

「吾本無此意……」

近來探訪夜明宮的人有增多的趨勢。

最近我覺得肩膀很僵硬，是不是有人對我下了詛咒？

有人來跟我妹妹提親，請問這是不是一門好親事？

有沒有什麼增加異性緣的法術？

抱持這種理由的來訪者越來越多。雖說在當事人的眼裡，這些都是相當嚴重的問題，但怎麼會突然冒出這麼一大堆出來？

「上次娘娘不是接受了泊鶴宮侍女的委託嗎？」

九九將一口梨子咀嚼吞下後說道。

「您不僅幫她解決了問題，而且還溫言安慰她。還有，最近娘娘還去了飛燕宮，跟花娘娘也有了交流。大家漸漸明白娘娘原來相當仁慈，烏妃並沒有大家原本所想的那麼可怕。」

九九喜孜孜地笑著說道。

然而這對壽雪來說，卻是相當頭疼的事情。為什麼會演變成這樣的事態？一次又一次獨立事件的不同抉擇，逐漸改變了自己身邊的環境。

——正因為如此，打從一開始就不應該容忍任何的破例。

不應該在身邊安排侍女，不應該幫助宦官，不應該接受贈禮。明知道不應該，自己卻不斷重蹈覆轍。

一股難以形容的焦躁感，在壽雪的胸中悶燒著。不能這樣下去。絕對不能再這樣下去。但要如何改變眼前這個局面？如今壽雪已無法拋下眼前的一切，回去過孤獨的生活。

「不如趁這個機會，也增加一些宮女吧……但我不希望連侍女也變多了。」

九九低聲咕噥。壽雪轉頭朝她望去，她聳了聳肩，有些不好意思地說道：

「因為我會嫉妒。」

「嫉妒……？」

「娘娘太溫柔了，對其他侍女一定也會很好。」

壽雪歪著頭想了想，說道：

「侍女但汝一人足矣。」

「真的嗎？」九九興奮地問道。壽雪不禁感到納悶。這是那麼值得開心的事情嗎？

「烏妃娘娘，看來妳不知道什麼叫嫉妒。」淡海說道。

壽雪轉頭朝他望去，只見他的臉上帶著讓人捉摸不透的笑容。

「雖知其意，未曾有切身之感。」

淡海點了點頭，臉上帶著淡淡的微笑。溫螢正在幫衣斯哈擦拭雙手，一對眼睛卻不停朝淡海瞥望，似乎很擔心他又說出什麼失禮的話來。

「再過不久就會知道了。」

淡海的口氣，宛如訴說著一個重大的預言。

壽雪目不轉睛地看著淡海。卜術之中，有一種技巧是根據他人隨口說出的話，來占卜自己未來的命運。例如當聽到他人說出「死」字時，可能代表自己死期已近。或許淡海這句話只是一句無心之語，卻深深鑽入了壽雪的心中。

「對了，你們聽過這個傳聞嗎？」

淡海的語氣突然變得相當開朗，彷彿想要化解尷尬的氣氛。

「這是我在勒房子當差時聽到的……聽說內廷出現了幽鬼。」

這實在不是適合以開朗的口氣說出的話題，九九聞言立刻皺起了眉頭。然而淡海絲毫沒有理會，繼續說個不停。

「聽說每到深夜，就會出現一個老僕的幽鬼到處徘徊。」

「老僕？」衣斯哈露出不解的表情。

「老僕的意思，就是年老的僕人。」淡海笑著解釋。

「那幽鬼似乎不是宦官，從頭巾及服裝來看，似乎是很久以前的人。他駝著背，身上的衣服相當破爛，走起路來搖搖擺擺，好像跛著一條腿。對了，聽說手裡還捧著一個小小的容器，光想像就覺得很可憐，對吧？」

「內廷有幽鬼……？」

「而且這傳聞過去我從來沒有聽過，是最近才傳出來的。」

「這種古代的幽鬼，怎麼會最近才跑出來？」

「這我就不清楚了。何況只是傳聞，不曉得是真是假。」

「無人親眼見之？」

「我怎麼會知道？」

淡海說得毫不客氣。「畢竟是內廷的事，我是在後宮當差，可不清楚細節。」

內廷是皇帝的住處，後宮則是妃嬪們的住處。內廷有內廷的宦官，後宮有後宮的宦官。

壽雪嘆了一口氣，說道：

「此等流言蜚語，多如牛毛。既真偽難辨，何足道哉？」

「不不不，可不能輕忽這微不足道的傳聞。烏妃娘娘，傳聞是重要的消息來源，其中往往隱含著讓人意想不到的祕密。想要過得一帆風順，消息靈通一點總是沒錯的。」

「……原來如此，此即汝保身之道。」

淡海滿臉堆笑，說道：

「我可是很有兩把刷子的。妳想要知道什麼消息，我馬上就可以打探出來。」

「吾不需任何消息，不勞費心。」

壽雪說完之後，又補了一句：「汝應自重，勿涉足險地。」

「呃……」淡海有些自討沒趣，眨了眨眼，說道：

「烏妃娘娘，妳真的是……」

他搔了搔耳朵，有些不知如何措詞。

「心地善良！」九九插嘴說道。

「不知該說是太善良，還是太傻。」

「喂！你說什麼！」九九氣呼呼地斥責。

「在險地裡打滾，就是我的工作。我還是第一次聽到有人叫我不要涉足險地。」

淡海瞇起了眼睛，朝著壽雪上下打量。接著他突然揚起嘴角，朝溫螢瞥了一眼，又把視線移回壽雪身上。

「遵命，娘娘。我不會涉足險地的。不過為了報答妳對我的關心，當妳遇上危險的時候，我一定會全力以赴。」

壽雪認識淡海的時日尚淺，並不清楚他這句話有幾分認真，只好姑且相信他說的都是真的，點頭應了一聲「嗯」。淡海說完這句話，再度滿臉堆笑。

「話說回來，娘娘。妳說妳不需要任何消息，這種天真的想法可不太妙。過去或許沒問題，未來的日子恐怕就沒有辦法那麼單純了。」

「何出此言？」

「因為烏妃已經不再是過去的烏妃。妳不再是從前那個幽居在後宮深處的神祕妃子，而皇帝又對妳特別關心，這實在是很危險的一件事，非常危險。」

前任冬官魚泳也曾再三提醒壽雪，不要與陛下過於親近。

「此話何解？」

壽雪問道。

「雲中書令可是急得直跳腳。他是宰相，鴦妃花娘是他的孫女，後宮裡到處都有雲中書令的眼線，他會收買宮女及宦官，藉此獲得後宮的消息。從前他不把烏妃當成威脅，但最近烏妃和大家開始頻繁往來，這讓他有些措手不及。畢竟後宮裡關於烏妃的訊息太少，他正在想盡辦法要查清楚烏妃到底是什麼來頭，以及烏妃跟大家的關係到底有多麼親密。」

「……此等杞人憂天之事，彼一查便知。」

「那可不見得。一個夜不侍寢的妃子，確實不可能生下皇子。但從另一個角度來想，這樣的妃子反而更加棘手。」

壽雪皺起了眉頭，不明白淡海這麼說是什麼意思。

「確保皇位繼承人是皇帝的義務，所以大家才會這麼重視與妃子們的關係。妳沒有辦法為大家生下皇子，大家卻還是三天兩頭就往夜明宮跑，這表示你們的關係，並不是尋常皇帝與妃子的關係……」

「……彼善待妃子，豈是因義務之故？」

高峻並非那麼處事圓滑的人。

淡海再度露出了令人難以捉摸的微笑。

「難怪……」

「咦？」

「我很欣賞妳。在不涉足險地的範圍內，我會幫妳多收集一些有用的消息。否則的話，妳可能會惹上一些麻煩。」

淡海說完這些話，便開門走了出去。壽雪心想，大概是出去巡邏了吧。

溫螢對此深嘆了一口氣。然而壽雪不等他開口，已搶著說道：「真奇人也。」

「他不是奇人，只是個我行我素、目無法紀之人。」

溫螢無奈地說道。那愁容滿面的神態，反而讓他那張俊美的臉孔更具韻味。壽雪不禁看得入神，溫螢察覺了她的視線，問道：「娘娘，怎麼了嗎？」

壽雪心想，要是老實說出來，恐怕會令他更加困擾，因此只是搖了搖頭。

沒想到此時九九竟然毫不掩飾地說道：「長得好看的人，就算是憂鬱的表情也很好看。」一旁邊的衣斯哈聽了，竟也一臉認真地點頭附和。

只見溫螢露出了一臉困擾的表情，再度深深嘆了一口氣。

蓮葉承受了一晚雨水的洗禮，上頭還掛著幾顆閃閃發亮的水珠；而蓮花花苞亦吸飽了水分，不僅微微脹大，而且看起來濕潤細嫩。高峻將手擱在欄杆上，瞇著眼睛看著水珠所反射的光芒，面向蓮池的外廊雖然沒有承受陽光的直射，還是頗為悶熱。

衛青原本拿著扇子替高峻搧涼，但高峻看見臣子何明允彎過了外廊的轉角，於是讓衛青先行退下。

明允來到高峻的面前，行禮畢，高峻便將他喚到身邊來。

「今天的朝議，可花了真久的時間。雖然朕早就有心理準備了……」

今天的主要議題，是為幾個空出來的職位決定後繼人選。鵲妃的父親原本是中書侍郎，後來遭貶謫為地方官。

此外，吏部郎中也因為協助魚泳將宵月送進後宮，已遭到革職，為了決定由誰來接替這兩個職位，臣子們在朝議上僵持了非常久的時間。

「雲中書令可真是一步也不肯退讓呢。」

「這也在朕的意料之中……」

一邊是中書令雲永德所舉薦的名門棟梁，另一邊則是何明允所舉薦的寒閥❶清流，群臣的意見分成了兩派，形成互不退讓的局面。

「在從前的時代，中書省是名門飛黃騰達的象徵，吏部更是唯有名門子弟才能進入的部門。他們無論如何都想奪回當年的風光吧。」

從前只要是名門子弟，必定能夠封官封爵，如今雖然還殘留著這樣的制度，但絕大部分的重要官職都改由貢舉及第者升任。當然就現實面來看，名門子弟能夠投入大量的時間與金錢在學習上，因此只要不是資質太差，名門子弟要考上貢舉並不困難，因為這個緣故，如今許多高官職位依然是由名門所占據。然而除了名門之外，還是有很多人可以「投入大量的時間與金錢在學習上」，例如富商大賈、大地主，以及地方上的豪族勢力，近年來這樣的人在官場上逐漸抬頭。

「尤其是吏部，他們是絕對不會放棄的。吏部掌控著官吏的人事權，他們認為只要掌握吏部……」明允做出宛如放下棋子的動作。「名門就可以回到過去的風光年代。」說完這句話後，他搖了搖頭，接著又說道：「人不能走回頭路，政治當然也不行。」

高峻沒有應答，只是默默看著池裡的蓮花。他最後選擇的，是明允所舉薦的人，雲永德臉上那副彷彿遭到了背叛的表情，如今依然清楚地浮現在高峻的腦海。

明允並非名門子弟，而是京師某富商的兒子。在明允考上貢舉的時期，官場依然是名門的天下，商人的兒子不管成績再怎麼優秀，也很難謀得一官半職。非名門子弟所能擔任的官職，大概就只有冬官府的放下郎，以及不在律令規定之內的令外官。因此明允有很長一段日子，是待在地方上擔任令外官，後來是雲永德賞識他的才幹，招他為女婿，還舉薦他為洪濤殿書院的學士。雲永德確實擁有識人的眼光，如今明允已是學士承旨❷。若說雲永德是高峻的右手，那麼明允可說是高峻的左手。

「畢竟雲中書令是名門雲家的當家……」

明允以略帶沙啞的聲音咕噥道。

「既然他願意提拔你，看來他也不是個拘泥於名門、寒閥的人。」高峻說道。

「那也不見得。」

明允淡淡一笑，以充滿睿智的表情說道：

1 或稱寒家。
2 首席的學士。

「招一個寒閥子弟為女婿，跟被寒閥子弟掌握主導權，完全是兩回事。」

有時明允的表情會像這樣變得有些尖酸刻薄，或許這恰恰證明了他的心中一直抱持著非名門出身的自卑感。

「……朕實在不想放掉任何一個像你這麼優秀的寒閥子弟。」

高峻刻意岔開話題。他並不擅長這種話術上的誘導，但明允似乎察覺了他的意圖，刻意迎合了他的話題。

「如今就算不是名門，也不至於完全沒有機會，情況可說是有了改善。但若無有財力或後盾，要進入官場仍是難上加難……對了，微臣想求陛下一件事，正好與這個話題有關。」

「什麼事？」

「微臣在地方上任官的時候，認識了一個人，他是賀州的觀察副使。」

觀察副使也是令外官。

「相信陛下也很清楚，令外官並非由朝廷任命，而是在上級長官的裁量下直接錄用。這個人非常優秀，許多地方官爭相招攬他，不過這也是理所當然的事，畢竟他可是以第一名的成績考上了貢舉。但是……」

「因為是寒閥子弟，所以不得其門而入？」

「沒錯。聽說他是個孤兒，在十四、五歲被收為養子。他認為與其勉強進入中央，在朝廷遭受歧視，不如當個逍遙自在的地方官。」

「現在他決定進入中央了？」

「不，是微臣建議他這麼做，他似乎遇上了什麼看不過去的事情，想要辭去賀州觀察副使的工作。微臣跟他說，既然你要離職，不如來洪濤院為我做事。由於洪濤院是直屬於陛下的部門，微臣要拉他進來，當然必須獲得陛下的恩准。」

「……賀州……」

「是的，賀州是鶴妃的家鄉。在那個地區不管是地方官還是令外官，如果不與沙那賣家維持良好關係，任何工作都是窒礙難行。」

「他與沙那賣家處得不好？」

「似乎是如此。」

「你曾問他理由嗎？」

「沒有……」明允一臉狐疑地道：「芝麻小官因與地方豪族交惡而遷往他地，並非什麼稀奇之事……不過如果陛下在意，微臣可以問個清楚，他現在就住在微臣的寓所內。」

「不必……」高峻略一思索後說道：「你直接把他帶到洪濤院來吧。」

明允錯愕地睜大了眼睛，說道：「陛下要親自見他？」

「反正遲早得見個面。既然是你舉薦的人，想必是個人才，不過是朕私心，想看看究竟是個什麼樣的人。」

「微臣明白了……」明允點頭說道：「微臣會找一天將他帶來。」

「好……他叫什麼名字？」

「他名叫令狐之季，出身於京師東北方的歴州。」

——歴州。高峻在心中呢喃。那裡曾經發生月真教暴動事件，花娘的心上之人因而葬送性命。這也算是奇妙的緣分吧，高峻不禁如此感慨著。

就在高峻打算結束話題之際，衛青忽然走上前來。

「雲中書令……」衛青一句話還沒有說完，只見雲永德已彎過了外廊的轉角，朝著高峻快步走來。他的步伐矍鑠穩健，實在不像是個老人。

「怎麼了？有什麼急事嗎？」高峻問道。

永德行了跪禮之後說道：「沒有急事，就不能來見陛下嗎？」

高峻不禁苦笑，說道：

「別說這種酸溜溜的話，過來一起賞蓮花吧。」

高峻比了比自己的身邊。明允退向一邊，同時永德朝他瞪了一眼。果然今天的朝議，令他頗為惱怒。

「最近你們兩位好像開始嫌我這個老糊塗礙事了？」

「通常稱自己是老糊塗的人，都不會是老糊塗。朕只是沒有接納你的意見，可沒有嫌你礙事，別再鬧脾氣了。」

「……陛下，就憑這幾句話，您就想打發我？」

高峻原本想安撫永德的怒氣，沒想到卻帶來了反效果，讓永德的臉色更臭了。在眾朝臣之中，只有永德敢像這樣對高峻發脾氣，因為他不僅是高峻的老師，並且從高峻剛被冊立為皇太子的時期開始，到期間被廢去太子地位，再到後來的復位及登基，他一直都是高峻最強而有力的後盾。

「雲太師，你應該很清楚，朕從來不曾嫌你礙事。」

雲太師是高峻在孩提時代對永德的稱呼。永德的表情閃過了一抹懷念之色，但接下來臉上的寂寥卻不減反增。

——他真的老了。

高峻不禁如此感慨，一股帶有冰冷痛楚的寂寞感在高峻的心頭油然而生，那感覺就像是一把尖刀無聲無息地插入了自己的胸口。

永德為自己的無禮道歉後轉身離去。直到那微駝的背影消失在外廊的轉角處，明允才低聲呢喃道：

「微臣猜測，雲中書令原本應該是想要進言令外官的事吧。」

「令外官的事？」

「各地的令外官握有越來越大的權限，朝廷所派遣的官吏漸漸不受重視，更別說有時甚至是本末倒置，為了發給俸祿而賜予官職，導致這些官職更加失去意義。本來的官變得有名無實，令外官反而越來越吃得開，如果再這麼下去，律令也會難以施行……最近他老是在抱怨這些事。」

令外官原本只是便宜行事的做法，其部門首長可由皇帝憑一己之意擅自決定，首長又可以在不稟報朝廷的情況下任意錄用部屬。而且正如「令外官」這個名稱所示，令外官不受律令的約束，原本設置令外官的用意，只是為了協助處理一般官吏應付不來的官府業務，沒想到卻反而對官吏的存在價值構成威脅。

但永德心中的憂慮，恐怕不只是令外官的問題而已，明允的存在本身，恐怕是永德心中更大的隱憂。高峻看著明允的側臉，心中如此暗想。永德擔心自己的地位遭明允奪走，明允所擔任的學士，也是令外官的部門。

——如果是五年……不，三年前的永德，絕對不會擔心這種事。

逐漸增長的年紀奪走了永德的氣概、奪走了他的敏銳直覺，讓他變成了一個整天回首過去風光的庸碌老人……

該如何處置永德，以及這些名門的派閥，成了高峻心中的一大煩惱。

永德搭著馬車離開宮城，朝著雲家的宅邸前進，名門包含五姓七族，雲家也是其中之一。雲家的宅邸距離宮城並不遠，馬車抵達了院門前後，永德下了馬車，穿過院門。一群婢女立刻上前迎接，次男行德也從內門走了出來。

「爹，你今天回來得真晚。」

「嗯。」

「家裡有些蒸餅，我叫人煮些茶吧？」

「……你好像滿腦子只有吃。」

永德看著兒子行德那圓滾滾的臉，不禁嘆了口氣。

「食為萬事之源，怎麼能夠不重視？空著肚子沒辦法想事情，也沒辦法維持仁慈之心。要當一個寬宏大量的人，首先就得填飽肚子。」

「好、好，我知道了。」永德揮手說道。

雲家的繼承人竟然是這種毫無企圖心的人物，著實令永德感到擔憂不已。行德有著肥大的體格及寬厚的性格，在官吏之間頗受愛戴，但身為名門的繼承人，還必須擁有快刀斬亂麻的辣腕手段才行，行德完全不具備這樣的條件，這樣的人能否勝任雲家的當家，實在令永德感到不安。

——如果知德在就好了。

這樣的念頭，已不知在永德心中浮現多少次。長男知德因為厭惡官場的爾虞我詐，決定離家從商，如今已建立起一個頗具規模的海商集團。

知德的性格可說是與行德完全相反，有些聰明過了頭，所以才會在家裡待不住。永德經常感慨，要是這兩個兄弟能夠互相補其不足之處，共同輔佐自己，可不知有多好。

——如今再怎麼懊惱，也是無濟於事。

永德又嘆了一口氣。除了知德與行德之外，自己並沒有第三個兒子，因此他為么女精心挑選了一個聰明能幹的女婿，那就是明允。在能力方面，明允確實沒有辜負永德的期待，但是他的鬥志及野心，卻遠超過自己預期。

——陛下也是……

從小到大，永德從來不曾背離高峻。永德教導了他為政之道，讓他學會了仁義禮教，對他投注了關懷與慈愛，在高峻終於登基為帝的時候，永德感動地流下了眼淚。

——但他已經不是當年那個孩子了。

如今的高峻，已不再是當年那個接受永德諄諄教誨的孺子，彼此間出現意見分歧，也是理所當然的事。這代表高峻已經獨立了，原本應該是一件值得慶賀的事情。

但是在永德的內心深處，卻有著一股「遭到背叛」的失落感。憑高峻的聰明才智，他一定早已看出來了，否則他也不會說出那些安撫自己的話。

永德走進房間，換掉身上的衣物。看著自己身上肌肉消散，皮膚鬆弛，雙手又乾又瘦，布滿了皺紋，心中不禁有著無盡的感慨。

「老爺，有訪客。」

永德正將手伸進婢女所舉起的長袍袖子之中，門口忽然傳來說話聲。

「是誰？」

「他自稱鮑三郎，說是一名絹商。」

「鮑三郎？沒聽過這個名字，肯定不是京師的絹商。」

「他說他來自賀州。」

「賀州？」

永德輕輕撫摸鬍鬚，半晌後說道：

「好，我見。」

✿

這天夜裡，高峻來到了夜明宮。

「何物如此芬芳？」

壽雪動著鼻子，嗅著空氣中的氣味。

「妳的鼻子跟狗一樣靈。」高峻一邊說，一邊從懷裡取出一顆碩大的圓形水果，外觀呈金黃色，看起來是柑橘類水果。

「這叫夏寶柚，是朕從凝光殿的庭院裡摘來的。」

「汝自摘之？」

「是啊。」

高峻將夏寶柚放在壽雪的手上，那水果比她的一隻手掌還大，表皮凹凸不平，而且看起來很厚。將臉湊過去一聞，柑橘類的清爽香氣竄入鼻中。

「柑類非冬季之果耶？」

「確實是在冬天結果，但冬季的夏寶柚太酸，無法食用，必須等到夏天，滋味才會變得酸中帶甜。像這種能夠在夏天食用的柑類水果，可說是相當罕見。在我祖父那一代，地方上有人發現這種水果，認為是種祥瑞之兆，因此進貢至朝廷。當時的人認為這是天神祝福夏氏王朝的證明，所以命名為『夏寶柚』。」

壽雪漫不經心地聽著高峻的說明，一邊聞著那果實的氣味。柑類雖然是冬天的水果，但這夏寶柚確實散發出夏天的氣息，彷彿吸收了陽光，擁有鮮嫩多汁的生命力。

「夏寶柚的皮很厚，最好用菜刀切開。」

九九於是走上前來，想要接過夏寶柚，壽雪卻搖頭說道：

「此物芬芳，吾欲置房內一晚，明日再食。」

壽雪說著，將夏寶柚擱在小几上，欣賞著其有如太陽一般的金黃外表。善體人意的九九不等吩咐，便主動熄了薰香。

高峻在壽雪的對面坐下。「新護衛表現如何？」這才是高峻今天主要想問的話。

「不過不失。」

「是嗎？那很好。」

「似與溫螢交惡。」

壽雪朝高峻背後的衛青瞥了一眼，而後者露出一副事不關己的表情。

「噢？若是這樣的話，或許換一個人比較好。」

「不，溫螢似無此意，或可稍作觀望，再行定奪。」

「淡海這個人武藝高強，但是有些愛耍嘴皮子，喜歡打探小道消息，而且個性有一點特立獨行。」

「豈是『一點』？此話姑且不提……彼曾言內廷有幽鬼徘徊，汝可知此事？」

「嗯……」高峻應了一聲。從他的反應看來，他似乎原本就知道這件事。

「內廷真有幽鬼？」

「朕不曾親眼見過，但宦官們言之鑿鑿。」

「既是如此，應非空穴來風？」

「朕聽說這幽鬼只是四處徘徊，並不危害於人，所以也沒有多加理會。」

——但幽鬼深夜徘徊是事實。

壽雪想像一名老僕在夜裡獨自蹣跚而行的景象，不禁有些於心不忍。

「吾欲見此幽鬼。」壽雪說道。

高峻皺起了眉頭，「現在嗎？」

「汝何面有難色？」壽雪見高峻露出不贊成的表情，不禁有些意外。「向者汝亦以幽鬼之事示吾。」

「話是這麼說沒錯……」高峻沉吟著說道：「但妳上次不是說過，盡可能不想與幽鬼扯上關係？」

「……然也。」上次處理布面具幽鬼的事情時，壽雪確實曾說過類似的話。

「所以朕才不想拿幽鬼的事情煩妳。」

「故汝不語內廷幽鬼之事？」

「是啊。」

「過猶不及，汝實有多慮之失。」壽雪皺眉說道。

高峻凝視著壽雪，問道：「妳這麼認為？」

「慮而過甚，反易招怨。」

「其實……這也是朕的煩惱。」

壽雪原以為皇帝應該是桀驁不遜、目中無人之輩，然而實際認識高峻後，卻發現他有著相當纖細的性格，在每件事情上都相當小心謹慎，甚至不禁令人擔心這會令他過度操勞。

「與其慮人，不如慮己。」

高峻一臉認真地聽了壽雪的忠告，說道：

「好，朕會記住。」

「……此非精奧妙語，不必縈繫於心。」

「只要是妳說的話，朕都會牢牢記住。」

「記之無益，吾亦不日便忘。」

「好吧……」高峻將頭歪向一邊，臉上依然不帶表情，似乎陷入了沉思。壽雪不禁心想，個性太過認真也不是一件好事，高峻正是因為想法過於嚴肅，完全不知道什麼時候可以放鬆心情，也不知道該在什麼樣的時機顯露情感。

「那就走吧。」高峻起身說道。

「何往？」壽雪問道。

「妳不是想看內廷的幽鬼？」高峻反問。

沒錯，自己剛剛確實是這麼說的。

一行人於是走出殿舍，朝著內廷前進。內廷的位置在夜明宮的東方，衛青持著燭臺在前領路，溫螢跟在高峻及壽雪身後，淡海則留下來守護夜明宮。九九雖然很想跟著去，卻被吩咐留在夜明宮內。

「吾聞此幽鬼乃古時老僕？」

「似乎是如此……手上好像還拿著一個容器。」

「此傳聞非自古便有？」

「是啊，朕過去也不曾耳聞。怎麼會在這個時候突然出現，實在令人不解。」

壽雪也對這一點感到納悶。

一行人穿過了連結後宮與內廷的鱗蓋門，進入了內廷。內廷以凝光殿為中心，周圍分布著大大小小的殿舍，距離鱗蓋門較近的殿舍是鰲枝殿，其後方有弧矢宮，這兩處是壽雪曾經進入過的建築物。

「此幽鬼於何處徘徊？」

「既然是徘徊，當然沒有固定的地點。有些人是在凝光殿周圍的土牆附近看見，有些人則是在鰲枝殿附近看見。聽說那幽鬼只是遊蕩了一會兒，就會慢慢消失。」

在前方搖曳的火光忽然不再前進，似乎是衛青停下了腳步。

「大家，請看那邊。」

衛青壓低了聲音，指著左手邊說道。今晚烏雲蔽月，月光相當微弱，在幽幽的月光下，隱約可看見殿舍上方的甍瓦。殿舍的前方地上，鋪著一大片打磨得光滑透亮的石板，在這泛著冰冷光澤的廣場一角，有一道人影。

那是個身穿汙穢麻衣的佝僂老人，黑色的頭巾包住了蒼蒼白髮，手裡捧著一個小小的容器。由於老人一直低著頭，看不清楚長相，只依稀能看見他凹陷的雙頰，此外，老人走得顫顫巍巍，似乎跛著腳。

老人的上半身穿著短衣，以一條粗繩當作腰帶，下半身穿著短袴，赤裸著雙腳，頭巾包裹髮髻的形狀與打法也不同於現代，看起來確實是個古時候的年老奴僕。

壽雪走向那幽鬼。那幽鬼依然步履蹣跚地往前進，看起來並不像是有特定的目的地，只像是漫無目標地胡亂遊走。

走到了近處，依然看不清楚幽鬼的長相。那身影相當模糊，看起來像是失焦的影像，手上的容器形狀同樣模糊不清。壽雪從髮髻上摘下牡丹花，輕吹一口氣，在淡紅色煙霧盤繞老人周身後，其身影變得清晰得多。

此時眾人終於能夠看清幽鬼那蒼老的面容。他雙頰削瘦，眼窩深陷，連臉上的皺紋及黑斑也能看得一清二楚。而其臉上表情所流露出的盡是憔悴、哀戚，以及絕望，半開半闔的嘴唇嚴重乾裂，極度蒼白且毫無血色。老人的雙唇不停地微微抖動，但壽雪不管再怎麼仔細聆聽，還是聽不見老人所發出的任何聲音。老人手上所捧的那個東西，遠看原本以為是個容器，但如今看得真切，才發現是個小小的龜形擺飾物，捧著擺飾物的雙手不僅枯瘦如柴，而且不停打著哆嗦。

那龜形擺飾物似乎是件石雕，材質是黑中帶青的石塊，上頭有著一條條的紋路。

「……石鼇合子？」

不知何時來到身旁的高峻呢喃說道。

「咦？」

「那個東西，是寶物庫裡的石鼇合子。」

合子即容器之意。既然是寶物庫裡的東西，當然是皇帝的寶物。

「看起來像個擺飾品，但是鼇甲的部分是蓋子，裡頭可以裝東西。」

「內有物否？」

「據說以前存放了一些藥，但現在是空的。畢竟本就是相當古老的東西，裡頭的藥如今已不知去向。」

「藥……」

壽雪轉頭望向那幽鬼。只見那老人一直低著頭，表情依然空洞，沒有絲毫變化。壽雪輕吹一口氣，隨著煙霧緩緩散去，幽鬼亦消失得無影無蹤。

「寶物庫……」

壽雪抬頭仰望高峻。

「妳又想進去了，對吧？」高峻不等壽雪提出要求，主動說道：「朕來安排。這跟上次一樣，早上會派人過去接妳。」

「衛青？」壽雪朝衛青瞥了一眼。上次前往寶物庫，被高峻派來迎接壽雪的正是衛青，那天早上，他的臉臭得跟什麼一樣。

「嗯。」

高峻應了一聲，轉頭朝衛青說道：「這件事就交給你處理了。」

「遵旨。」衛青在高峻的面前表現得恭恭敬敬。但他接著朝壽雪一瞥，表情果然有些意料之中的不服氣。

在天空剛泛起魚肚白的時候，衛青來到了夜明宮，敷衍了事地朝壽雪作了一揖後，轉頭便走了。只要高峻一不在，他立刻就變得相當無禮，然而壽雪已經相當習慣他這個態度了，要是衛青突然變得笑容滿面，反而會讓她感到渾身不自在。

「衛青。」壽雪看著衛青的背影喊道。

「汝遣淡海至夜明宮，早知溫螢與彼交惡？」

「派淡海至夜明宮，有什麼不妥嗎？」衛青頭也不回地說道。

「汝不喜吾，何故刁難溫螢？」

多半是衛青知道溫螢與壽雪感情不錯，所以故意與溫螢作對吧。

衛青朝壽雪一睇，說道：「考量所有人的能力，我認為淡海最適合夜明宮的護衛工作，相信溫螢也認同這一點。」

「何其量窄也？」壽雪瞪了衛青一眼。

衛青也動了怒，皺眉說道：「如果妳不喜歡淡海，我可以派其他人來。」

「吾不曾出此語。」

「妳只是沒有明說，話中之意正是這個意思。」

「唔……」壽雪一時語塞。

為了淡海的事情向衛青抱怨，聽起來確實像是認為淡海不適任。

「……似汝之輩，人皆厭之……」壽雪忿忿不平地說道。

衛青泰然自若地回答：

「我也想對妳說這句話。」

「……吾乃失言？」

「妳不是律令中所明訂的妃嬪，也不在後宮妃嬪的名冊之上。『烏妃』和『妃嬪』完全是不一樣的身分，所以我沒有必要以對待妃嬪的禮數對待妳。」

衛青說得振振有詞。單以制度面來看，他這句話說得一點也沒錯。

衛青冷冷地低頭看著壽雪，繼續說道：

「妳說我討人厭，卻不准我這麼說妳？妳以為我不敢對妳說這種話，因為我是宦官？」

壽雪不由得面紅耳赤，倒抽了一口涼氣，衛青的一句話，竟將自己說得啞口無言。

她大感羞愧，忍不住垂下了頭。在自己的心中，確實隱含著這種瞧不起對方的想法，眼前這個人是地位比自己低的宦官，絕對不敢回嘴……她的心中確實有著這樣的念頭。平常總是說自己不拘禮節，潛意識之中卻早有高下之分。

——原來自己比對方更加討人厭。

「……吾之過也。」

衛青凝視著壽雪，半晌之後轉頭就走。

「不過妳說得沒錯，我這個人確實量窄又討人厭。」

過了好一會兒之後，他突然這麼說道。

接下來兩人皆不發一語，只是默默地往前走。來到鱗蓋門前，衛青停下腳步，轉頭又說：「妳別再擺出那副窩囊表情了。」

他的口氣中充滿了不耐煩。「要是被大家看見，我會遭受責罵。」

「吾不見己面……何謂窩囊表情？」

衛青皺眉說道：「就是一副快要掉下眼淚的表情。」

壽雪將頭轉向一邊，說道：「豈有此事？」

「妳自己說妳看不見自己的表情，怎麼知道沒有此事？」

「吾未曾落淚，便不見己面，豈有不知之理？」

「我剛剛說的是『快要』掉下眼淚，妳這麼快就忘了？」

「勿復言……吾不願再與汝語！」

壽雪像個孩子一樣鬧起脾氣。

衛青面不改色地說道：

「那正好，我也不想和妳說話。」

此時壽雪深深感受到，她在口頭之爭上是絕對贏不了衛青的。面對衛青的時候，壽雪真切體認到自己只不過是個十六歲的小女孩。就連面對高峻，也不曾有過這樣的感覺。沒錯，在衛青的面前，自己只不過是個孩子。

身穿消炭色❸長袍的老宦官，早已等候在凝光殿寶物庫的門口。

那宦官正是羽衣，寶物庫的管理者。

「吾欲一觀石鼇寶物，汝應知之？」壽雪說道。

那羽衣抬起了頭。他的臉孔就跟上次見面時一樣，明明布滿了皺紋，皮膚卻是光滑紅潤，而且看不出絲毫表情。

「烏妃娘娘，小人恭候多時，請往這邊走。」

羽衣一面說，一面推開寶物庫的大門，那門扉看起來相當沉重，羽衣卻推得毫不費力。壽雪再度感到好奇，無法理解一名老人怎麼能有這麼大的力氣。

踏進門內之前，壽雪轉頭朝衛青說道：

「勿損壞寶物。汝便不言，吾亦知之。」

衛青見壽雪搶先一步說出這句話，揚起了單邊的眉毛，露出一臉無趣的表情。壽雪不禁有些得意，轉頭踏入寶物庫內，而羽衣旋即關上了門。

寶物庫裡有著許多棚架，架上擺滿了大大小小的盒子，盒裡裝的都是珍寶。牆上畫著一幅地圖，地圖的正中央是一座島國，周圍受大海環繞，大海的另一端有著神明的宮殿。

「烏妃娘娘，請在此稍坐。」

羽衣說完之後，便走入了兩排棚架之間。過了一會兒，他走了回來，手上捧著一隻盒子。只見他恭恭敬敬地將盒子放在桌上，打開盒蓋。盒裡放著一個布包。

3 灰褐色。

接著他取出布包，將布攤開，裡頭正是昨晚那幽鬼捧在手裡的石鼈容器。

「這就是石鼈合子。」石頭的表面看上去相當光滑。「這種石頭有個稱呼，叫波文岩，特徵是上頭有著美麗的條紋。」羽衣說明道。那石鼈雕得非常細緻，從殼紋、頭部到腳爪，全都栩栩如生，而其兩隻眼睛鑲的是另一種顏色的玉石。「鑲嵌在眼睛裡的是琥珀。」羽衣似乎看穿了壽雪的心思，不等壽雪提問，便主動說明。

「可否取而觀之？」壽雪問道。

「娘娘請自便。」羽衣回答。於是壽雪伸手拿起了石鼈背上的殼。下面果然有個空洞。

「從前這裡頭放著延命仙丹。」

羽衣的口氣說得彷彿是親眼所見。

「延命仙丹？可知其詳情？」

「所謂的延命仙丹，指的是磨成了粉末的神爪。」

「神爪？」

「沒錯，正是神爪。」

羽衣泰然自若地重複了這個字眼。

「……烏漣娘娘之爪？」

羽衣搖頭說道：「不是。」

「若非烏漣娘娘，卻是何神之爪？」

羽衣目不轉睛地凝視壽雪，雙眸不帶絲毫情感。不知道為什麼，壽雪驀然有種似曾相識的感覺。從前好像曾經在哪裡看過這張臉孔……

「羽衣？」壽雪喊了一聲。

羽衣眨了眨眼睛，開口說道：

「這個神，指的是鼇神。鼇是一種大海龜。」

「大海龜之神？」

「沒錯。」

「古人磨其爪，製成丸藥，置於此石盒之中？」

壽雪凝視著那龜形容器。

「此器既名為石鼇合子，應是依鼇神之形雕成？」

「是的。」羽衣的聲音毫無抑揚頓挫。

「高峻曾言，此物年代久遠……汝可知是何朝之物？」

「這是杼朝之物，至今約有一千八百年歷史。」

「一千八百……如此之久？」

壽雪吃了一驚。一來驚訝於如此古老的東西竟然能保存下來，二來也驚訝於當時已有如此高明的石雕技術。

——這麼說來，那幽鬼……

恐怕也是相同年代的人物。

「可知此石盒來歷？」壽雪問道。

「這是杼朝之王命良匠雕製而成的寶盒。」

除此之外，似乎並沒有什麼特別的來歷。

「可有幽鬼傳說，與此石盒有關？如有老僕幽鬼，依附於此石盒之上……」

羽衣微微歪著頭，以同樣毫無抑揚頓挫的口吻說道：

「從來沒聽說過。」

壽雪不禁有些失望，低頭望向那龜形石盒，石龞的一對琥珀眼珠，彷彿也在看著她。

「杼朝……大海龜之神……」

壽雪看著那琥珀眼珠，嘴裡低聲咕噥。

半晌之後，壽雪將石龞還給羽衣，起身離開了寶物庫。

壽雪一回到夜明宮，立刻便啟程前往冬官府。

原本壽雪打算直接從寶物庫出內廷前往冬官府，但衛青不允許，認為烏妃從內廷的門走出去實在太引人側目。壽雪無計可施，只好先回夜明宮再說。

壽雪一邊換上宦官的服色，一邊抱怨衛青實在太不通人情。

「娘娘，您真的是和衛內常侍處不來呢。」

九九一面協助壽雪更衣，一面說道：「簡直就像貓跟狗的關係。」

「何者為貓，何者為狗？」

「衛內常侍像是忠心耿耿的看門狗，娘娘像是有著美麗毛色的小貓。」

「小貓……」

「是啊，雖然小貓很努力豎起身上的毛，想要和狗互別苗頭，但終究是一隻小貓……衣斯哈，你不是有陣子跟在衛內常侍身邊？當時會覺得很痛苦嗎？」

衣斯哈正坐在小几邊習字，聽九九這麼問，抬起了頭來。最近衣斯哈只要一有空閒時間，就會坐下來讀書識字。在旁邊教導的人可能是壽雪、九九、紅翹，甚至也可能是溫螢或淡海。此時坐在衣斯哈旁邊的是紅翹。

「呃……一點也不痛苦。衛內常侍雖然很嚴格，但從來不會提出無理的要求，而且他總是很細心地指導我每一件事……雖然確實有點可怕……」

說到最後一句話時，衣斯哈的聲音特別小。

「哎喲，原來他是個好人，怎麼對娘娘說起話來這麼惡毒？」九九說道。

「……吾不再與他口舌爭辯。」壽雪氣呼呼地說道。

「因為會輸？」九九問得一針見血，壽雪不禁瞪了她一眼，她嚇得縮了縮脖子。

壽雪換好衣服，走出了帳外。殿門敞開著，溫螢就候在外頭，兩人一道離開了夜明宮。

「溫螢。」壽雪一邊走，一邊轉頭望向溫螢。

「走路請看著前方，小心不要跌倒了。」溫螢如此提醒了一句，接著快步走到壽雪的身邊，問道：「娘娘有什麼吩咐？」

「此幽鬼之事，汝有何見解？」

「娘娘指的是內廷的幽鬼？」

「然也。」

壽雪原本以為溫螢會露出一副「怎麼會問我」的困擾表情，沒想到他相當認真地思索了片刻後說道：

「下官認為他應該是個忠義之士。」

「忠義之士？」

「大家知道他是一名老僕，不只是因為他身穿奴僕服色，更是因為大家看得出來他是一名忠心護主之人。」

「……何言忠心護主？」

「從他的舉動，便看得出來。他雖然低著頭，卻是一心一意地為主人做著某件事。」

溫螢頓了一下，接著說道：

「我是宦官，在內廷目擊那幽鬼的人也是宦官，所以我們都看得出來，這名老僕必定有個主人，而且他對於主人絕對是忠心耿耿。」

——忠義之士。

他的主人是誰？

「多謝，於吾頗有助益。」

「娘娘不用客氣。」溫螢說道。壽雪還想要和他多聊幾句，但溫螢說完了話，又退到後頭去了。

冬官府位在宮城的角落，該處同時也是祭祀烏漣娘娘的星烏廟。一踏進門內，放眼望去，儘管依然是一片老朽蕭條景象，但不管任何時候來訪，必定打掃得乾淨整潔。壽雪走向位於星烏廟後頭的冬官府，冬官千里已帶著一群放下郎出來等候迎接。千里將壽雪引進了外廊，那裡擺著一張矮桌，桌上放著棋盤，她驀然回想起魚泳與高峻曾在這裡下棋的往事。

「汝與何人弈棋？」壽雪問道。

「微臣一個人獨弈。一邊回想從前跟魚泳大人所下的棋局，一邊思考各種解法。」

「為與魚泳再戰？」

「……是啊。」千里瞇起了眼睛說道。

年過四旬的千里，性格與外貌給人的第一印象頗有差距。由於他身材高瘦，雙頰無肉，再加上目光如電，因此給人一種相當神經質的感覺，但實際交談之後，壽雪發現他不僅談吐溫和，而且常發出爽朗的笑聲。

「身體無恙否？」

兩人隔著棋盤相對而坐後，壽雪看著千里那蒼白的臉孔問道。千里的健康狀況不太好，近來因為天氣悶熱的關係，聽說他臥病在床好幾天，今日一見，果然他的雙頰更加凹陷了。

「謝謝娘娘的關心。近來天氣突然變得炎熱，身體有些負荷不了。」

「多歇息，勿過操勞。」

「謝謝娘娘……娘娘今日蒞臨，是不是有什麼想問的問題？」心思細敏的千里問道。

壽雪點了點頭。

「汝可知大海龜之神？」

壽雪開門見山地問道。

「大海龜之神就是鼇神……又稱龜王。」

千里想也不想地說道：「這是一種在古代受到廣泛信仰的神祇。直至今日，依然不時有古代的廟宇遺跡出土。在地方上，如今還保存著幾間廟，當然數量並不多。」

「汝所知何其詳也？」

「微臣長年研究各地廟宇及民間信仰……而且這鼇神是延命長壽之神，從前微臣的父母曾為了微臣而到其廟中祝禱膜拜……」

千里接著解釋，他從小體弱多病，因此父母常到各地廟宇祭拜，祈求讓兒子平安長大。

「所以微臣對這方面的信仰所知較多。」

壽雪點點頭，接著問道：「汝可曾聽聞以此大海龜之爪所磨之藥？」

千里歪著頭想了想，搖頭道：「這個……微臣從未聽過，也不曾在典籍上讀過。」

「吾亦不曾親見，然今寶物庫內有收納此藥之龜形石盒。」

壽雪於是把手持龞神石盒的幽鬼之事一五一十地說了。千里靜靜聆聽，完全沒有插嘴。

「據聞此石龞合子乃杼朝之物。」

「杼朝？那可是在烏漣娘娘到來之前的朝代。」

霄國有著兩套歷史，一套是檯面上的正史，另一套則是夏王與冬王的祕密故事。在正史中，冬王的存在完全遭到了抹除。夏、冬雙王共同治理國家的和平時代約持續了五百年，其後霄國因為失去冬王而進入了漫長的亂世，許多遺跡及遺物都在這個時代遭到了破壞，導致之前的歷史幾乎陷入完全失傳的狀態，如今寶物庫內還能留下幾件古物，已經算是不幸中的大幸了。

在正史之中，杼朝只不過是數個朝代的其中之一，由於年代太過久遠，其王朝的歷史幾乎只剩下一些傳奇事蹟。但是另一方面，在夏、冬雙王的歷史之中，杼朝是將時代一分為二的重要朝代。

「烏漣娘娘是在杼朝滅亡之後，才來到了這塊土地……」

換句話說，杼朝是屬於「前烏漣娘娘」的時代，也就是烏漣娘娘還沒有從幽宮來到這個島國的時代。對於這些古老時代，壽雪所知不多，主要的原因，就在於暗藏於夜明宮的《雙通典》對於這些古老時代並沒有詳實的記載。對烏妃——也就是冬王來說，烏漣娘娘來到之前的歷史並沒有太大的意義。

從神祇的屍體化為國土，到烏漣娘娘來到此地，這段期間裡當然也有其歷史故事，只是壽雪不知道而已。

「如此古物，竟然得以留存下來。」千里說道。

「或因石器堅固，故得留存……持此物之幽鬼，汝可知其底細？生前是何身分？何以直至今日方見其幽鬼？」

「這個嘛……」

千里撫摸著自己的修長下巴，沉吟了起來。

「願聞其詳。」

「唔……」

千里原本似乎想要說些什麼，但他最後還是搖了搖頭。

「請娘娘恕罪，微臣並不清楚。」

「無妨……汝學識淵博，亦有不明之事？」

「娘娘，您太抬舉我了。論及學識，我跟魚泳大人比起來差得遠了。」

千里面露苦笑，那笑容帶著三分懷念及三分寂寥。

壽雪驀然想起，不久前自己也曾看過類似這樣的笑容。露出那個笑容的人不是千里，而是高峻，當時是在弧矢宮內，高峻同樣是在談及魚泳的時候……

「……」

壽雪仔細觀察千里的神色。千里察覺後，對著壽雪露出微笑，那笑容相當爽朗，與剛剛截然不同。

「烏妃娘娘，您想要拯救那幽鬼？」

「……聊盡微力。」

「既然是奴僕，必定有個主人。想來這整件事應該與其主人有關。」

溫螢也曾說過，那老僕應是忠義之士。既然如此，關鍵果然在其主人身上。

「或許因為我自己也有病在身的關係，我不禁想像，這老僕的主人或許得了重病。老僕手上捧著裝了延命靈藥的石盒，這或許意味著……」

千里望向遠方，沒有再說下去。

洪濤殿書院通稱洪濤院，內部每一間房間都收藏了大量的書籍，一座座的棚架上堆滿了大量的木簡、竹簡、卷子、抄本及紙疊……整個空間瀰漫著濃濃的墨水味。

「這個時期紙張很容易潮濕，真讓人困擾。」

明允一邊說，一邊將高峻引進了一間房間內。那房間裡一片寂靜，高峻本以為房內沒有人，沒想到房間深處忽然傳來一陣細微聲響。明允朝聲音傳來的方向喊道：

「之季，快出來叩見陛下。」

一名年輕人自棚架的後頭走了出來，在高峻的面前跪下行禮。年輕人的動作有如行雲流水，沒有多花一分一毫的力氣。他看起來年紀約三十出頭，給人的感覺不像是走遍各地的能吏，反倒像是富商之家的三男，相貌雖然稱不上俊美，卻有一股清雅的魅力。

從當初明允的描述，高峻原本以為令狐之季大概是個放蕩不羈且性格偏激的人物，沒想到實際一見，竟然是這麼一個溫文儒雅的青年。

「抬起頭來。」高峻說道。

青年於是緩緩抬起了上半身。高峻仔細打量這名青年，發現他雖然神色慈和，表情卻帶了三分蕭瑟感，而且眼神中流露出一股陰鬱之氣。高峻一接觸到他的眼神，登時感覺這個男人與自己有幾分神似。

——此人心中必定隱藏著某種恨意。

在青年的雙眸深處，高峻看見了火焰，那是一種無處宣洩而靜靜悶燒的仇恨之火。

雖然沒有任何根據，但高峻相信自己不會看錯。

高峻坐了下來，指示之季在自己的對面坐下，之季一愣，轉頭望向明允。

「你跪在那裡，沒辦法好好說話。」高峻說道。之季這才依著吩咐坐在椅子上。

「聽說你前陣子待在賀州？」

「是的。」聲音簡潔有力，而且帶著一股深邃的韻味。

「能不能對朕說說近來賀州的狀況？」

高峻開門見山地說道。之季睜大了眼睛，顯得有些吃驚。

「陛下想知道賀州之事？」

「有些掛心……那裡近來發生了些什麼事？」

之季移開視線，思索了片刻後說道：

「倒也稱不上有什麼重大的事情……陛下可記得月真教？」

高峻輕輕點頭。

「月真教的衍生教派，近來在賀州流傳甚廣。」

「你指的是八真教？那是月真教的衍生教派？」

「陛下知道八真教？是的，八真教的教主，曾經是月真教的傳教師。」

高峻凝視著之季，問道：

「你怎麼會知道這些事？」

「小人暗中調查過……小人認為這樣下去很危險，所以才會辭去官職，離開賀州。」

之季淡淡地解釋道。

「這麼說來，你不是因為和沙那賣家處得不好，所以才離開賀州？」

「不……若說我和沙那賣家處得不好，其實也沒錯。該怎麼說呢……沙那賣家一直在暗中庇護著八真教。」

「你說沙那賣家庇護八真教？」

「當然在檯面上，沙那賣家並沒有成為八真教的信徒，也沒有捐獻財物，所以小人並沒有實際的證據。為了找出證據，小人曾暗中調查這件事，卻遭沙那賣家下毒……」

之季說得輕描淡寫。

高峻愣了一下，說道：

「……下毒？」

「之季，我可不曾聽你說過這件事。」

一旁的明允也相當驚訝。相較之下，之季依然是一副氣定神閒的模樣。

「那不是致人於死的毒藥，只是一種威脅。畢竟沙那賣家是下毒的高手。」

「下毒的高手？」

「這是賀州暗中流傳的一個傳聞……沙那賣家來自卡卡密，其族人擁有一種祕密的毒藥。而且那傳聞相當駭人，指稱沙那賣家曾經殺死了神，才取得那毒藥。至於這傳聞有幾分可信，就不得而知了……」

之季頓了一下，接著說道：

「我不敢再招惹他們，只好逃出了賀州。」

「噢……？」高峻凝視著之季的臉，面無表情地應了一聲。

之季輕輕一笑，說道：

「陛下一定不相信吧？小人也沒有沙那賣家下毒的證據，或許全都是小人疑心病太重也不一定。」

「不，你誤會了……」高峻說道：

「朕在思考的是沙那賣家是否真的信了。他們真的相信你屈服於威脅，逃出了賀州？」

「如果他們不相信，小人現在應該已經沒命了……當然也有可能是他們故意放小人逃走，正在觀察小人會做出什麼樣的舉動。」

還有另個可能，就是之季其實是沙那賣家派來的臥底……但兩人都沒有說出這個疑慮。

「朕記得賀州的觀察使是向……你暗中調查沙那賣家，是受了向的命令？」

「不，是小人自己做出的決定。向觀察使對沙那賣家並沒有絲毫懷疑。」

觀察使是直屬於皇帝的官職，由皇帝直接任命，副使以下諸官，則由觀察使裁決錄用。

高峻不禁心想，之季身為副使，怎麼會違背觀察使的方針，擅自與沙那賣家作對？

——這個男人的舉動，必定有著不為人知的理由。

但高峻並不清楚那個理由是什麼。

——看來得派間諜到賀州打探一些消息……

如果官府機構正常運作，當然不用採取這樣的非常手段。一旦有任何風吹草動，由朝廷所派遣的官吏自然會向中央逐一回報。

——這也是令外官的問題。

由於實權落在觀察使手上，導致正式的朝廷命官失去機能。

高峻朝明允使了個眼色，明允輕輕點頭，表示他知道了。這件事相信明允會妥善處理。

「你決定暗中調查八真教的內情，是因為有歷州的前例？」高峻問道。

之季聽到這突如其來的問題，臉上的表情瞬間完全消失。

「……呃，是的……」

「你是歷州出身？」

「是……」之季微微皺起了眉頭。顯然高峻問到了一個他不想回答的問題。

「歷州的那場暴動，朕也失去了一個朋友。不，應該說是……朋友的未婚夫。」

花娘的臉孔浮現在高峻的腦海。

「絕對不能再讓那種事發生。」

之季垂首說道：

「陛下所言極是。」

高峻心想，他應該也失去了某個重要的人吧。

高峻領著之季來到了蓮池邊。蓮池與洪濤院在相同的區域內，兩人沿著迴廊繞過了殿舍，來到了外廊上，該處是欣賞蓮池的最佳位置。

「賀州與京師之間雖然可以靠水路快速運送物資，但畢竟相隔遙遠，許多消息都傳不到京師裡來。朕連官府的狀況都無法掌握，更遑論百姓的生活。」

高峻凝視著微掩的蓮花，淡淡地說道。

「不僅是賀州，其他地方的狀況也大同小異。」

「……畢竟我國的土地遭到高山分割。」之季說道。

高峻點了點頭。京師位在島嶼的東側，北方大多是人跡罕至的險峻山嶽地帶，中央也矗立著高山，阻隔了東西向的往來。雖然在平坦之處築有道路，但這些道路為了繞過高山，築得彎彎曲曲，要在各地移動可說是曠日費時。雖然走海路可以大幅加快速度，但海路受天候的影響極大。

「消息不通，是一件相當可怕的事情，有時甚至會造成無法挽回的憾事。」

「是的。」之季點了點頭。

「因此朕很需要像你這種走遍各地、見多識廣的人才。而且除了官府之事，你對民間的狀況也很清楚。朕接下來要多多錄用像你這樣的人。」

這樣的人才，很適合錄用為直屬於皇帝的令外官。當然這麼做也有一些問題，分寸的拿捏並不容易。

「陛下真是位認真負責的明君。」

之季的口氣不知該說是欽佩還是驚訝。

「朕曾經嘗試想要說一些不認真的建議，但沒有成功。」

高峻想起了壽雪的事。

「為什麼要說不認真的建議？」之季忍俊不禁。

「那時候有這個必要。」

之季笑得肩膀微微晃動。他的態度相當自然平和，雖然面對的是皇帝，卻絲毫不拘謹做作，也不踰矩失禮，但除了恰到好處的隨和與斯文之外，卻也散發出一股寂寥感。高峻過去從來不曾與這樣的人對話，而且在之季的雙眸深處，高峻彷彿看見了與自己相似的情感。

「……你恨的人是誰？」高峻忍不住問道。

之季驟然斂起笑容，臉上表情全失，雙眸彷彿被一層陰影所籠罩。

「請陛下放心，絕對不是陛下。」

之季頓了一下，接著問道：

「陛下看得出來，是否因為陛下心中有著跟小人一樣的恨意？」

之季凝視高峻的雙眼，宛如在觀察著高峻的內心世界。

「……朕所恨的那個人，如今已不在世上。」

高峻呢喃說道。之季瞇起了雙眼，眼神中帶著哀憐之意。

「這麼說來，陛下此時必定感覺心靈空虛吧？」

這個男人真的是太瞭解我了。高峻不禁心想。

高峻轉頭望向蓮池。彼時一點風也沒有，感覺異常地悶熱，明明身上極不舒服，卻流不出一滴汗水。

如果此時壽雪在場，不知會說出什麼樣的話來？

「你見過幽鬼嗎？」高峻問道。

「見過。」明明是沒來由的一個問題，之季卻想也不想地回答。

「不僅見過，而且由於小人到過許多地方，在各地聽到了不少與幽鬼有關的傳聞。不管是什麼地方的人，都喜歡這種怪力亂神的話題。」

「是嗎……？在這宮城中，也有許多幽鬼的傳說。朕不僅聽過，而且也親眼看過。」

「陛下親眼看過？」

「是啊……幽鬼總是帶來悲傷。」

高峻的腦海裡浮現了過去見過的種種幽鬼。戴著翡翠耳飾的幽鬼、佇立在柳樹下的幽鬼、自己母親的幽鬼，以及宦官的幽鬼。

「就在昨晚，朕在內廷見到了一名老僕的幽鬼，手上拿著寶物庫中的寶物。」

「寶物？」

「那是一個龜形的石盒，名叫石龞合子，據說裡頭曾經裝著藥。那種古老年代的幽鬼，為何直到現在才出來徘徊……」

年老的奴僕捧著石盒蹣跚而行的畫面，實在令人望之鼻酸。

高峻描述了那幽鬼的模樣，之季忽然沉默不語，臉上帶著古怪的表情。

「怎麼了嗎？」

「沒什麼……只是小人似乎在地方上聽過類似的傳說。」

「類似的傳說？」

「不過那並非幽鬼的傳說，而是關於一名可憐的老僕……因為藥的關係，這名老僕遭到了殺害……」

「朕想聽詳情。」

高峻產生了興趣，轉頭望向之季。

「這是小人在好幾年前聽見的傳說，現下也不敢保證記得真切……當時小人在落州擔任觀察巡官，落州就在歷州的旁邊，屬於北方山脈的山麓地帶。小人就是在那裡，聽百姓說起了這個傳說故事。」

「落州據傳是古代杼朝首都……」

「是的。」之季點點頭，說起了這個故事：

「在從前那裡還是京城的時代，某個貴族之家裡，有一名老僕。那戶人家雖然名義上是貴族，但已經沒落，整座宅邸變得空空蕩蕩，只住著臥病在床的大小姐，以及那名老僕，其他的婢女與僕人，都因為家道中落的關係而離去了，只剩下那老僕依然無怨無悔地照顧著大小姐。有一天，老僕得知京城裡有延年益壽的靈藥，那是天神之藥，收藏在一個龜形的盒子裡。由於大小姐的家族與當時的君王有一點親屬關係，老僕便去懇求君王，希望能分得一點靈藥。那君王答應了，賜給了老僕一些靈藥，沒想到那其實是假藥，只因為那老僕三番兩次前去懇求，君王為了將他趕走，故意拿了假藥給他。大小姐吃了假藥之後，還是病死了，老僕得知那是假藥後，憤怒地譴責君王，君王勃然大怒，派人將老僕毆打致死。沒想到過了不久，那君王也因為生了不明的重病而猝死，大家都說是受到了老僕的詛咒。」

之季說到這裡，稍微喘了口氣，接著說道：

「差不多就是這樣的故事……這是當地所流傳的古老傳說之一。隨著時代的變遷，故事的細節或多或少有一些變化。作為一個古代王朝的傳說，這個故事可說是相當耐人尋味。」

「確實很有意思。」高峻點頭說道：「真相或許就隱藏在這樣的傳說之中。」

龜形盒子與老僕……

「朕會把這個故事告訴壽雪。」

高峻忍不住呢喃。

「壽雪？」之季歪著頭問道。

「沒什麼。」高峻輕咳了兩聲。

✿

在太陽即將下山的時候，高峻來到了夜明宮，壽雪一看見那人，便明白他今天心情不錯。雖然高峻的表情沒有任何變化，但自己已大致可判斷他的心情。

「有個曾經在地方上待過的人，跟朕說了一個龜形盒子與老僕的故事。」

高峻劈頭便說了這句話。

「汝言有要緊之事告吾……便是此事？」

「是啊。」

「此等小事，但捎一文足矣，何勞親至？」

「朕想當面對妳說。」

壽雪不知該說什麼才好，只好沉默不語。

由於這天時候尚早，九九和衣斯哈都還沒有回房歇息。高峻朝衣斯哈問道：「你的字進步了嗎？」

衣斯哈恭恭敬敬地回答：「稍微有一點。」

「慢慢來，不用心急。衛青的字是朕教的，現在他的字寫得比朕還好。」

「真的嗎？」

衣斯哈抬頭望向衛青，衛青淡淡地說道：「因為我有一位好老師。」

「衣斯哈資質頗佳，一點即通，如今已識得許多字。」

壽雪稱讚道。衣斯哈靦腆地笑了笑。

「朕下次帶些適合衣斯哈讀的書來。」

高峻說道。

「不勞費心，花娘已送來不少。」

壽雪指著櫥櫃說。只見上頭放著好幾本書。當初壽雪問花娘有沒有適合孩子讀的書，花娘開心得不得了，親自送來了好幾本。

「花娘似以讀書為樂？」壽雪問道。

「是啊。」高峻點了點頭。

「朕常送書給她，她比拿到花或簪子還開心。對了，差不多該再送些書給她了。」

「花娘曾言欲往洪濤院，借詩歌古籍一覽。」

「好，朕會核發許可書。」

就算是後宮的妃嬪，只要取得許可書，還是可以出宮，聽說花娘常會到洪濤院及宮城內的史館借書來讀。

九九送上了茶，壽雪與高峻一同喝了起來。大熱天喝熱茶當然不太舒服，但桂子、紅翹及九九都說喝熱茶能夠排汗，反而有助散熱，因此壽雪還是一邊吹氣，一邊勉強啜飲。

高峻一邊喝著茶，一邊說起了落州所流傳的龜形盒子與老僕的故事。

「……此為杼朝故事？」

「沒錯，據傳杼朝的首都在北方山脈的山麓一帶。」

「寶物庫石鼇合子，確是杼朝之物……」

這麼說來，那老僕生前曾被人以假藥誆騙，還遭到了殺害？

「但有一個疑點……這麼久以前的幽鬼，怎麼會最近才出現？」高峻說道。

壽雪點了點頭，說道：

「據聞石鼇合子內曾藏靈藥，此靈藥乃以大海龜神之爪磨製而成。」

「大海龜神？」

「據聞為古代廣受信仰之神，杼朝時或頗盛行。吾曾問於千里，千里言此老僕之主人或染重病……如今對照杼朝故事，可知千里有先見之明。」

如今雖然知道了故事，但接下來該怎麼做才好，卻依然沒一個方向……

「靈藥……此幽鬼心心念念，便是靈藥……」

老僕幽鬼的手上捧著石鼇合子，可見得如今他依然渴望能夠獲得生前沒有辦法得到的靈藥，他以為只要得到了藥，就能救活主人。

壽雪沉吟了半晌後問道：

「吾欲再入寶物庫，可乎？」

「可以是可以……但妳進寶物庫要做什麼？」

「欲尋靈藥……雖不在石盒內，或在寶物庫某處。」

「妳指的是大海龜神的靈藥？寶物庫的目錄裡可沒有這種東西。」

「或未載於目錄內……吾當見羽衣親問之。」

「嗯……」高峻略一沉吟後點頭說道：

「那個羽衣看起來神祕兮兮，或許知道些什麼……明天早上讓妳進去？」

「唔……花娘曾言欲贈書與衣斯哈，期明朝來訪。」

「如果是約中午的話，朕也能一起進去，這樣也比較不會產生問題。」

壽雪凝視著高峻問道：

「此話或不該由吾道出……寶物庫豈能任由妃子數度入內？」

「既然已經進去過了，再進去幾次也沒有什麼分別……況且朕並不認為那些寶物是朕所獨有。」

言下之意，自然是寶物非夏王獨有，冬王亦應擁有相同權利。

接著高峻的眼神忽然流露出一股溫柔之情，毫無表情變化的臉上此刻增添了一絲暖意。

「而且難得妳會拜託朕事情。這種感覺相當不錯……畢竟我們是摯友。」

每當高峻說出這種話，壽雪總是會不知如何回應，無論是對高峻，或是胸口產生的那股暖烘烘的感覺。

✿

隔天早上，花娘帶著數本書來到了夜明宮，身邊只帶了一名侍女，並沒有大陣仗的人馬，今日她身上穿著一件淡綠色的上衣，宛如清爽的涼風。

「多謝……」壽雪道了謝，接過那幾本書。

「不客氣。」花娘喜孜孜地說道：「難得阿妹拜託我事情，我精心挑了幾本……我那邊還有很多，如果妳還需要的話，隨時再跟我說。」

壽雪見花娘露出一臉雀躍的神情，納悶地問道：

「吾以此瑣細小事相託，汝不感厭煩？」

花娘帶著爽朗的笑容說道：

「當然不會，我很高興能幫忙阿妹。」

「……所言非虛？」

「所言非虛。」

她回想起昨天傍晚，高峻在接受自己請託時，也顯得相當開心。然而壽雪實在無法理解他們的心情。

「阿妹，我還帶了這個給妳。」花娘從侍女手上的提桶中取出了一個青瓷器皿，裡頭擺滿了白蜜團糕。壽雪的目光登時被吸引住了。花娘笑著說道：

「我們一起吃吧。」

口氣有如親姊姊一般。壽雪看著白蜜團糕，乖乖點了點頭。

✿

「……拿著龜形石盒的幽鬼？」

壽雪與花娘相對而坐，各自以湯匙舀著光滑細嫩的白蜜團糕送進嘴裡。

「有一老僕屈死傳說，於北方流傳甚久……」

壽雪接著提到了高峻所說的故事。淋上了白蜜的團糕又甜又軟糯，嘗起來非常美味。

花娘凝神傾聽了壽雪的描述，將手指抵在臉頰上，陷入了沉思。

「此傳說有何異處？」壽雪問道。

花娘回答：

「妳說這是北方流傳的故事……既然是口耳相傳，多少會產生一些變化……」

壽雪歪著頭，似乎不明白花娘這麼說的用意。花娘繼續說道：

「沒落貴族家中老僕慘遭害死，化為幽鬼作祟……類話在古籍中並不罕見。」

「類話？」

「簡單來說，就是內容相似，具有一定劇情結構的故事。多半是原本在各地流傳著類似的故事，這個故事被收錄在某書中，因而更加廣為流傳。但是在流傳的過程中，會漸漸與書中所寫的內容貼合。妳說的這個故事，有可能打從一開始就是這樣，但也有可能原本有著不同面貌。」

「不同面貌……」

壽雪完全沒想到這個可能性。

「既是如此，此故事與內廷幽鬼當無關聯？」壽雪沮喪地說道。

花娘則一臉謹慎地說道：

「不……例如龜形石盒、靈藥等等，這個故事有太多類似的特徵，應該不會完全無關。但如果目的是要拯救內廷的幽鬼，恐怕不能囫圇吞棗地全盤相信這個故事。」

「唔……」壽雪點了點頭。「原來如此。」

「或許我這個想法完全幫不上忙，妳別見怪。」花娘笑著說道。

「不……」壽雪搖了搖頭。「諸人想法各異，著實耐人尋味。」

溫螢認為那幽鬼是忠義之士，千里則推測那幽鬼的主人有病在身。同樣一件事，每個人的看法截然不同。

「著實耐人尋味……」

壽雪又呢喃了一遍。

這天中午過後，高峻親自前來迎接。當然衛青也跟在旁邊。前往內廷的路上，壽雪將花娘的看法說了。

「原來如此。」高峻淡淡回應。

「花娘說得確實有道理。就連抄寫典籍，有時也會抄錯，更何況是口耳相傳。」

「故吾尋思，此傳說或有另一解……」

「另一解？」

「所謂靈藥云云，或為毒藥。」

高峻轉頭望向壽雪。

「噢……？怎麼說？」

「便是良藥，若處方失當，亦可毒害其身。所謂延年益壽之藥，恐非人人得見其效。自古延命靈藥，實多帶毒性。」

「朕也聽說所謂的仙丹，大多有毒。」

「彼君王所給之藥，便是仙丹神藥，亦恐無益於重病之人……」

「吃了還有可能送命？」

壽雪點了點頭。

而且搞不好……

「……」

高峻見壽雪陷入沉思，也不再說話。

凝光殿平日只有皇帝及宦官進出，每天一到下午總是一片寂靜。這天或許是因為天候不佳，似乎隨時可能會下雨的關係，殿舍內頗為陰暗，明明相當悶熱，殿舍內的空間卻透著一股陰森的寒意，除了鞋底踏在石板上的腳步聲之外，聽不見半點聲響。一行人通過迴廊，來到寶物庫前，果然又見到那名羽衣站在門口處。

「小人恭候聖駕。」羽衣深深低頭鞠躬。

壽雪一進入寶物庫內，旋即問道：「庫內可藏有石龍合子內靈藥？」

羽衣以毫無抑揚頓挫的口吻說道：

「沒有。」

表情沒有任何變化。

「庫內應藏有舊時丹藥，當中真無石龍靈藥？」

「沒有。」

羽衣說得斬釘截鐵，壽雪不禁嘆了口氣。

「此靈藥……病弱之人服之亦無礙於身？」

羽衣瞪大了眼睛，凝視著壽雪，不知是不明白壽雪這麼問的意圖，還是正在從記憶中找出答案。

「小人並不清楚。」

「所謂延年益壽之藥，無論何人服之，皆具其效？」

「小人並不清楚。」

羽衣又重複了相同的話。

「並無相關傳承？」

羽衣將頭歪向另外一邊，說道：

「從不曾聽聞。」

壽雪點了點頭，說道：「那石鼇合子，煩汝取出。」

「遵命。」

羽衣宛如一陣風般閃身進入棚架之間，不一會兒已然捧著盒子回到壽雪面前，呼吸平緩，完全不見喘氣。

壽雪拿起那石鼇合子細細觀察。一旁的高峻也默默看著，半晌後淡淡說道：

「雖然並不華麗，確實是一件寶物。」

羽衣回應道：「這種石材相當珍貴，僅產自北方山脈。而且因質地堅硬，雕刻困難，本寶物乃是當時第一雕匠的嘔心瀝血之作，刻劃細膩卻又不失大膽……」

「羽衣。」

那羽衣正滔滔不絕地說著，宛如在朗誦背下的文章，卻突然被壽雪打斷了。他默默凝視著壽雪，等著她發話。

「現有幽鬼，持此物徘徊內廷之中。依汝之見，當如何消解其執迷，使其往赴樂土？」

同樣的問題，回答的人不同，得到的答案也會大相逕庭。壽雪心中有些好奇，不知羽衣會如何回答。

而羽衣說出的答案，遠比壽雪原本的預期更加簡潔有力。

「依小人之見，應當毀去此物。」

「……咦？」

「應當毀去此物。」

「毀去此珍寶？」

「是的。」

「此話何解？」

「那幽鬼既然手持此物，想必是對此物有所執迷。既然如此，只要毀去此物，其執迷亦自然消解。」

真是非常簡單、明快且粗暴的解決辦法。

「毀物之舉……或不可行？」

壽雪轉頭望向高峻。上次她也曾說要毀掉琵琶，但高峻沒有答應。

「毀掉這個東西……恐怕不太妥當。」

高峻顯得有些困擾。

「大家說得是。」羽衣應道。

羽衣是寶物庫的管理者，壽雪完全沒有料到他會建議毀掉寶物，不由得目不轉睛地看著他。羽衣臉上毫無表情變化，乍看之下與高峻有幾分相似，但實際上卻截然不同。羽衣不僅五官扁平，而且臉色死氣沉沉，完全感受不到活人的生氣。

「既然如此……」羽衣以平板的聲音說道：「或許可以借助鼇神之力。」

「什麼？」

「鼇神之力。」

「此是何意？」

「內廷有一殿，名曰鰲枝殿。」

「……嗯……」

「只要把這石鼇合子帶往鰲枝殿，祝禱膜拜即可。」

壽雪朝高峻瞥了一眼，只見他也露出一臉摸不著頭腦的表情。

「有何根據？」

「鰲枝殿以鼇神背甲為飾。鰲即是鼇，都是大海龜之意。鼇神背甲蘊含著神力……」

壽雪聽得瞠目結舌，半晌說不出話來。

「……什麼？」

以鼇神背甲為飾？什麼意思？

「為何朕從來沒聽過這種事？」

高峻冷靜地問道。

「這是當初建造這座宮城的第一任皇帝所安排的。」

「建造宮城的第一任……你指的是欒朝的欒夕？」

「是的。」

「為何他要這麼做？」

「當發生萬一情況，可用來抵禦烏漣娘娘。和巫術師一樣，都是護衛用的防壁。」

壽雪與高峻不由得面面相覷。羽衣這番話又是什麼意思？

「他曾說過，如果沒有能夠抗衡的力量，實在無法安心。」

「他曾說過？他是指誰……？」

——難道是欒夕？

「羽衣……汝究竟……」

壽雪朝著羽衣的方向踏出了一步。羽衣不再開口說話。只見他兩眼無神地凝視前方，一對光滑的眼珠上頭沒有映照出任何景象。

「請快到鰲枝殿去吧。」

半晌之後，羽衣只淡淡說了這麼一句話，便再度沉默。

「……去試試看？」高峻問道。

壽雪略一沉吟後點了點頭。

「吾尚有話問汝，今暫且按下。」

壽雪朝羽衣丟下這句話後，隨著高峻走出寶物庫。鰲枝殿的位置在後宮的附近。

「抵禦烏漣娘娘……為防萬一……」

壽雪一邊快步前進，嘴裡一邊呢喃。

——這是什麼意思？欒夕到底在打什麼主意？

一行人登上階梯，進入鰲枝殿的殿舍。不久前高峻曾在這裡命樂師彈奏琵琶，並將依附在布面罩上的幽鬼送往極樂淨土，但壽雪上次來的時候，並沒有仔細觀察殿舍的模樣。

此刻壽雪站在殿舍內環顧四周。放眼望去，只看得見冰冷的石頭地板、支撐橫梁的幾根柱子、榻、小几及屏風。

壽雪忽然察覺不對，趕緊將腳往後縮，望向了下方的石頭地板。那並非只是一面打磨得光滑明亮的玉石地板，地板上到處鑲嵌著類似龜甲的斑紋狀物，由於顏色並非黑褐色，而是淡灰色，與石頭表面有些難以區分。放眼望去，地板上的鑲嵌物排列成了巨大的花朵形狀。

——這是……

壽雪看著地上的鑲嵌物，朝著花朵圖案中央的花蕊部分走去。那裡擺著一張小几。

「……高峻！」

壽雪從高峻的手中接過石龕合子，放在小几上，往後退了一步，跪在地板上。

她伸手朝著那花朵形狀的鑲嵌物一摸，雖然觸手堅硬，卻不像石頭那麼冰冷，散發出一種奇妙的暖意。驀然間，壽雪聞到了一股略帶腥臭的潮濕氣味。

「這是……大海的潮水味。」

高峻呢喃說道。

壽雪從來沒有聞過海的味道，卻感覺這氣味好熟悉、好令人懷念。

驀然間，壽雪感覺手指似乎觸摸到了某種濕潤之物，她趕緊將手往後縮。只見那花朵圖案正在微微搖曳，彷彿起了漣漪。

——水？

那花朵圖案有如湖面一般起伏搖擺，散發出淡淡的銀色光輝，下一瞬間，放置著石龕合子的小几後方出現了兩條赤裸的小腿。壽雪吃驚地抬頭一看，那老僕幽鬼正站在自己的面前，他垂下了頭，手中捧著石龕合子，雙手微微顫抖。

——他在哭。

由於從壽雪的角度是由下往上看，可以將表情看得一清二楚。那幽鬼正在哭泣。

「對不起……」

老僕發出了沙啞而微弱的聲音。他一面哭泣，一面道歉。

「大小姐……大小姐……都是我不好……」

痛哭聲中，夾雜著自責的聲音。壽雪只是靜靜地凝神傾聽。

「我以為吃了藥……您的病就會好轉……」

——果然如此……

壽雪凝視著老僕的臉。

「汝令汝主服下延年益壽之藥？」

老僕沒有反應，似乎聽不見壽雪的聲音。

「這麼說來……」高峻說道。

「君王所賜之藥，乃是真藥。老僕以此藥奉其主，其主服藥而死。」

「……本來應該是靈藥，卻成了毒藥？」

壽雪點了點頭。那老僕以為只要讓大小姐服下延年益壽之藥，大小姐的病就會痊癒，卻不曾想到……

「病篤婦人，豈能承受靈藥之毒？」

給藥的人，原本也是一片好意。或許是老僕的殷切懇求，博得了對方的同情。

壽雪只能皺著眉頭，看著眼前不住哽咽的老僕。一來不知道該說什麼才好，二來就算說了，對方也聽不見。

壽雪無計可施，只能低頭看著地板，那花朵圖案依然綻放著銀色光芒，有如潮水一般掀起陣陣波浪。壽雪將手輕輕伸向地板，祝禱道：

「鼈神……」

或許鼈神另有其名，但壽雪並不清楚，只能如此呼喚。

「求汝救此幽鬼……」

接著壽雪以手指輕觸地板，感覺有如碰觸溫水，絲毫沒有冰涼感，就好像是因吸入了陽光而溫度上升的海水，不斷有波浪在表面搖擺，撞擊她的手指，發出清脆的水聲。壽雪明明完全沒有靠近大海的記憶，卻對這觸感有種懷念不已的感覺。

——大海……

驀然間，壽雪的手指感受到了一股強大的力量，那並非遭人拉扯的感覺，而是有如一種彷彿要把自己往下拉的吸力。轉眼之間，她的手已沒入了水中。

壽雪將另一手撐在地板上，奮力抵抗那股吸力，但那股力量實在太強，感覺自己只要一吐氣，整個人就會被吸入水中。

「壽雪！」

高峻伸手將壽雪緊緊抱住。壽雪這才得以吐一口氣，接著她深吸一口氣，將手臂奮力往回拉。

——放開我！

壽雪在心中大喊。就在這時，她感覺到胸口湧出一股熱流，這股熱流從胸口流向手臂，又從手臂流向指尖。水中的那股吸力驀然減弱，手臂瞬間脫離了水面，下一瞬間，不知何處傳來清脆的爆裂聲，壽雪與高峻一同向後摔倒。

「大家！」、「娘娘！」

衛青與溫螢察覺狀況不對，同時奔上前來。高峻坐起身，伸手制止兩人靠近，接著將壽雪攙扶起來。

「妳沒事吧？」

壽雪雖點了點頭，卻是氣喘吁吁，半晌說不出話來。接著她以手掌按著自己的胸口，回想剛剛胸中那股熱流，那是一種相當不舒服的感覺。

壽雪偶然抬頭望向小几，忍不住發出了一聲輕呼，那只石鼈合子已然從中裂成兩半，同時老僕幽鬼也已失去了蹤影，而地板上的花朵圖案也恢復了原本的模樣，不再像是閃耀著銀色光輝的水面。

「裂開了……」高峻淡淡地說道。

除了高峻以外的所有人，全都倒抽了一口涼氣，凝視著那毀損的皇帝寶物。

「既然還是毀了，那也沒有辦法……至少那幽鬼已經消失了，是嗎？」

高峻朝壽雪問道。

「……嗯。」

周圍已經感覺不到幽鬼的氣息，啜泣聲也不見了。

「那就好。」

高峻說得滿不在乎。壽雪這才吁了口氣。

就在這時，旁邊突然伸來一隻手，拿起了几上的石龞合子。轉頭一看，那條手臂被消炭色的袖子包覆著，而在場的所有人，竟然都沒有察覺這個人來到了身邊。

「羽衣！」

羽衣面無表情地站著，手上拿的正是破裂的石龞合子，從他的臉上，竟看不出一絲一毫的情感。

「你……你什麼時候……」

衛青難得露出了驚惶的表情，他轉頭望向高峻，似乎不曉得該如何處置這個人。高峻站了起來，說道：

「羽衣，確實如你所言，石龞合子一毀，幽鬼就消失了。」

「是啊……」

羽衣以毫無抑揚頓挫的聲音應道。壽雪也站起身，仔細打量他的臉孔，她從之前就覺得羽衣那張臉似曾相識，直到此刻才恍然大悟。似曾相識的不是那張臉，而是那個表情。

「羽衣……」

——那表情與宵月如出一轍。

「汝乃『使部』……即人偶也。」

羽衣以一對宛如空洞般的雙眸面對著壽雪，平滑光亮的眼珠上沒有映照出一絲景象。

「是的。」

羽衣以渾若無事的態度說道。

「汝為何人使部？烏漣娘娘？必非梟之使部。」

羽衣微微歪著頭說道：

「直到剛剛為止，小人是烏漣娘娘的使部。但是在更古老的年代，小人是鼇神的使部。小人的軀體，是由鼇神所作。」

——鼇神的使部！

「直到後來鼇神雲隱，小人因此暫時歸烏漣娘娘所有……但是就在剛剛，鼇神再度召喚了小人……」

地板上的花朵圖案再度微微搖曳，閃爍著如水波般的銀色光芒。

「該是時候了……烏漣娘娘已經喪失了控制小人的力量。小人要向您辭別了，欒……不，杼公主。」

羽衣的腳下地板幻化成了海水，他的身體也逐漸下沉。

「暫時告辭了……」

羽衣帶著斷裂的石龕合子完全沒入了水中，下一瞬間，光芒全然消散，地板也恢復了原狀。接下來有好一段時間，誰也沒有開口說話。

「……彼喚吾為『杼公主』？」

壽雪以沙啞的聲音說道。

「這是怎麼回事？」

即使面對這樣的狀況，高峻的聲音依然平靜而沉穩。

「欒氏一族原本是北方的少數民族，據說他們的身上流著古代王朝的王室血脈……」

壽雪也曾聽過這種傳聞。根據傳聞，欒氏一族是古老統治者的後裔，更是神官的後裔……那指的就是杼朝嗎？

壽雪想了一會兒，最後搖了搖頭。就算真是如此，那又怎麼樣？欒氏的血脈，從出生以來，帶給自己的只有無盡的困擾。何況杼朝只不過是早已毀滅的遠古王朝，此刻重新提起，又有什麼意義？

「唯一可以肯定的一點，是我們失去了寶物庫裡的一樣寶物，也失去了寶物庫的管理者……」高峻的話中帶著些許的寂寥。

❀

這一天，壽雪再度前往冬官府。

「噢，原來寶物庫的管理者……」

壽雪與千里在外廊上隔著矮桌相對而坐，壽雪將整件事情的始末告訴了千里。

「羽衣乃鼇神所作，因鼇神『雲隱』而歸於烏漣娘娘，如今復歸於鼇神……此事該作何解釋？」

千里眨了眨眼睛，凝視著壽雪說道：

「烏妃娘娘，上次您曾提過，不明白老僕幽鬼為何直到此刻才現身……微臣當時便有個想法，只是不曉得該不該說出口……」

壽雪回想起來，當時千里確實一度欲言又止。

「但說無妨。」

「……微臣認為，信仰就如同潮水，是會不斷循環的。」

千里的聲音有如陽光般和煦。

「或許可以形容成一種流行或是趨勢。」

「此點吾亦感之。」星烏廟變得老朽蕭條，各地都出現了新的信仰，可見得信仰也有著興衰的週期。

「為什麼地方上的烏漣娘娘廟宇會變得如此冷清？為什麼其他神明的信眾會如此虔誠？微臣認為，關鍵就在於神力式微。」

「神力式微？」

「當神力式微，沒有辦法再庇護信眾元時，信眾就會逐漸流失，就好像潮水退去一般。這時信仰就會轉移聚集到其他力量較強大的神明身上。微臣認為，這就有點像是神明的世代輪替。」

「神明……世代輪替？」

「或者……稱之為逐鹿中原更加貼切。我國大大小小的廟宇不計其數，這些數不清的神明隨時都在較量著力量的高下。」

宵月……梟當初的那幾句話，浮現在壽雪的腦海。

——香薔不斷拿花餵食烏。對我們來說，那是一種毒藥。

——烏已經……失去了自我意識。

羽衣所說的話，同時也在壽雪的心中迴盪著。

——烏漣娘娘已經喪失了控制小人的力量。

這是否意味著……烏漣娘娘變得虛弱了？

「羽衣復歸於鼇神，此即鼇神之力再興之兆？」壽雪問道。

「很有可能。」

「然則烏漣娘娘……」

千里皺眉說道：

「這只是微臣自己的推論，並不見得正確。不過微臣猜想，烏漣娘娘從前也曾有一次遇上危機。」

「……危機？」

「那就是在冬王遭到殺害的時候。從那一刻起，我國便進入了亂世。冬王遭到殺害後，並沒有出現新的冬王，烏漣娘娘也一直保持沉默。這是什麼緣故？正因為烏漣娘娘長期沉默，所以我國才會有很長一段時期陷入荒廢狀態。當然長年戰亂導致國家荒廢是理所當然的事，但微臣認為，若從另一個角度來看，這可能意味著烏漣娘娘遇上了某種危機，所以才長期保持沉默……當然一切都只是我個人的假設，沒有確切的實證。」

「不……於吾深有助益。吾不似汝博學，難有此悟。」

「謝謝娘娘稱讚。」千里瞇著眼睛說道。

「烏妃娘娘、冬官大人。」

放下郎走了過來說道：「陛下駕到。」

「高峻亦來見汝？」

「微臣偶爾會代替魚泳大人，陪陛下弈棋。」

「與此人對弈，應頗傷神？」

千里笑而不答。壽雪暗想，看來這個人的棋藝也不是省油的燈，並不在高峻之下。

「妳也來了？」

高峻來到外廊上，對著壽雪說道：

「在跟千里下棋？」

大概是因為矮桌上放著棋盤，所以他才會這麼問吧。

「非也。」壽雪搖了搖頭。「吾來此乃有事相詢。」

千里指著自己原本所坐的椅子，朝高峻說道：

「陛下，今天要不要與烏妃娘娘下一局？」

壽雪不禁皺起了眉頭。「吾不願與此人弈棋。」

「因為妳怕輸。」高峻淡淡說道。

壽雪心中暗自咒罵。

「勝負難知，汝豈必勝？」

「如果妳不想輸，朕可以故意輸給妳。」

此刻壽雪恨不得手上有顆石頭。

「坐。」

壽雪指著對面的椅子說道，接著翻開盒蓋，取出了棋子。高峻依言就坐。千里面帶微笑，朝兩人作了一揖，靜靜退下。壽雪默默看著千里的背影。那背影雖然穿著與魚泳相同的黝灰色長袍，給人的印象卻完全不同。

「……廣徵意見，於己有益。」

「是啊。」

「可知己之見聞狹窄，寡知薄識。」

「嗯。」

「吾有一事問汝。」

「妳問吧。」

「魚泳莫非已不在人世？」

高峻正要放下棋子，一聽到這句話，動作戛然而止。

「汝與千里皆不提此事，足見魚泳必非壽終正寢……莫非是自戕？」

「……」

「若是自戕，必是引咎而死……引宵月入後宮者，便是魚泳？」

壽雪的態度平靜得連自己也不敢相信。

「莫非魚泳對吾心懷怨恚？」

壽雪的心中浮現了麗娘的身影。麗娘直到老死，都過著孤獨的日子，從不曾逾越身為烏妃的本分。

「錯在吾身。便遭懷恨，亦無話可說。」

「……壽雪。」

高峻的輕聲呼喚，令壽雪心頭一震。像這樣的狀況，過去已不知發生過多少次，但這一次的感覺特別刻骨銘心。她感覺鼻腔深處一陣酸楚，忍不住吞嚥了一口氣。

「吾曾言……汝思慮過深，反易招怒。」

「……妳生氣了？」高峻輕聲問道。

壽雪搖了搖頭。

「汝但慮吾，誰人慮汝？痛失魚泳之傷，汝可對何人傾訴？」

找不到傾訴的對象，傷口永遠無法癒合。

「……妳放心，關心皇帝的人太多了。」

高峻雖這麼說，但壽雪明白，那是不一樣的事情。一想到高峻的處境，自己便感覺胸口隱隱作痛。

「汝泰然承受其傷，以為自懲。往昔吾亦懷抱此念，但……」

壽雪低頭望著手裡的棋子。

「前時吾曾為泊鶴宮侍女消解詛咒……」

高峻點了點頭。

「此侍女蒙其未婚夫相救，卻因未救未婚夫而悔之不已……此等想法，實辜負未婚夫捨命相救之心……」

壽雪嘆了口氣，接著說道：

「此刻吾千頭萬緒，難以措詞……吾但不願辜負母親救吾之心……」

壽雪還想再解釋，卻已不知該說什麼才好。

「原來如此。」

高峻呢喃道。他已隱約明白壽雪想要表達的意思。

「妳說得也有道理……」

高峻望著棋子，也不再開口說話。

「昔日吾總不願與人往來……」

壽雪將棋子擱在棋盤上。

「然與人往來……實令吾體會良多……」

——即便那是身為烏妃所不該有的舉動。

然而正向思考並不見得能夠帶來正向的結果。或許自己所做的一切，打從一開始就錯得離譜，或許自己正在逐漸陷入萬劫不復的深淵之中。

即便如此，壽雪並不後悔自己與這些人建立了情誼。

壽雪回到夜明宮時，看見了一名不久前才見過面的侍女，那正是紀泉女。如今她的腰帶上已不再掛著白珊瑚佩飾。

「我為鶴妃娘娘送來了信。」

泉女的手中捧著一個圓盆，盆裡鋪著華麗的錦布，錦布上擺著一封信。壽雪抱著滿腹的狐疑拿起，攤開一看，上頭的文字極為優美，不愧是皇帝妃子的筆跡，文章的用字遣詞也彬彬有禮，與鶴妃給人的奇特印象頗不相同，然而信件內容倒極為單純，不過是約壽雪一起喝茶而已。

「……此等小事，何勞捎信？」

泉女愣了一下，她似乎並不知道信中內容。

「鶴妃娘娘吩咐，要我帶回您的回信。」

九九磨起了墨，壽雪一時不知該寫什麼才好。轉頭一看泉女手上的圓盆，裡頭的錦布以金銀絲線繡著龜甲紋。

「龜……」壽雪不禁呢喃。

泉女低頭朝圓盆望了一眼，說道：

「您說這塊布嗎？在鶴妃娘娘所擁有的錦布裡頭，這是質料最上等的一塊。鶴妃娘娘本來覺得龜甲紋不夠可愛，但因為染花太輕浮，其他錦布又沒有讓鶴妃娘娘特別中意的，她煩惱了很久，最後還是挑上這一塊。」

「區區一錦布，何須如此躊躇不決？」

「因為這是寫給烏妃娘娘的第一封信。就連這信裡的詞句，鶴妃娘娘也是推敲良久，娘娘她真的很希望與您結交。」

壽雪不禁感到有些意外。畢竟在她心裡，鶴妃就只是個讓人摸不著底細的少女。

「不是鶴，卻是龜？」

正在磨墨的九九笑著說道：「我還以為泊鶴宮的主人應該會愛用鶴紋呢。」

「其實我們很多東西都是龜甲紋呢。就連侍女們的襦裙，也是以龜甲紋居多……因為這是象徵白妙子的花紋。」

——白妙子……八真教所祭祀之神……

壽雪正要提筆，一聽到這句話，整個人愣住了，抬頭問道：

「龜甲紋為白妙子之紋？」

「是啊，因為白妙子是大海龜之神。」

毛筆從壽雪的手上跌落，滾下了小几。

執袖之手

宮城內有數座專門蒐集典籍資料的史館，洪濤殿書院也是其中之一，主要蒐集的是特別珍貴的書籍。為了增進學士們的知識，這裡不僅有記載異國法律及歷史的書籍，還有裝幀特別講究的抄本，以及志怪小說的罕覯本。

「你曾到過西嶺嗎？」

洪濤院的某室內，高峻對著之季問道。霄國的中央受高山阻隔，因此自古以來多把東西兩側分別稱為東嶺及西嶺，京師位在東嶺，衣斯哈的族人哈彈族所居住的浪鼓則在西嶺。

「微臣曾任職於洞州及迎州。在洞州擔任的是西邊節度掌書記，在迎州擔任的則是觀察判官。」

之季不僅面貌慈和，說起話來也低沉輕柔，絲毫沒有稜角。但他的聲音有時會流露出一絲寂寥，就和他的表情一樣。

「洞州……在那個地方當官應該很辛苦吧？」

洞州除了有流放罪犯的島嶼之外，還有好幾座小島，在統治及管理上都相當困難。而且那一帶的海面有非常強勁的海流，氣候也相當嚴酷。

「冬天真的非常冷。」

之季點頭說道：

「而且因為常有狂風吹襲，農作物都長得不好。那一帶盛行的是製鐵業及木工業，木地師❶及踏鞴眾❷大多是粗魯漢子，和文士官吏處不來，但又不能完全只靠軍隊打壓。」

「節度使能夠妥善處理嗎？」

「當時錄用微臣的節度使，是位頗有學識涵養的將軍。現任的節度使，據說在百姓間風評也是不錯。」

「那就好。」高峻點了點頭。現任的節度使是高峻親自指派的。

「迎州有浪鼓，那裡住著一群哈彈族人。朕身邊有好幾名宦官，都是哈彈族出身。」

「那塊土地……實在是太貧瘠了。」

之季面露憂色，低下了頭。

「很多父母養不活孩子，只好把孩子送走，但是這麼一來，家中少了勞動人口，反而會更加貧窮，陷入惡性循環。常有仲介商人到迎州買窮人家的孩子，送到宮裡當宦官，那幅景

1 木匠。
2 冶鐵工人。

象實在令人鼻酸。」

之季說完這句話，才想起眼前的人是當今皇帝，趕緊抬頭說道：「微臣說錯了話，請陛下原諒。」

「沒關係……」

高峻回想起了衣斯哈。那孩子看起來年紀相當小，大概只有十歲左右，當年衛青進入後宮，年紀也差不多。

「大體而言，西嶺百姓比東嶺百姓貧困。不過聽說西嶺從前的漁獲量比現在多得多，很多漁夫光是靠捕魚就能過富足的生活。」

「嗯……衣斯哈也說他常聽村中故老談起從前的美好年代……」

「衣斯哈……是哈彈族人嗎？」

之季光聽名字，便已猜到衣斯哈的出身。

「他是哈彈族的宦官，在凝光殿待過一陣子，現在調到夜明宮去了。」

「夜明宮……」

高峻心想，之季剛到宮城不久，或許並不清楚後宮狀況，正要加以解釋，卻聽之季說道：「那是烏妃娘娘的住處？」

「你知道？」

「微臣也是來到宮城才聽說的。在地方上的時候，微臣完全沒有聽過有烏妃娘娘這個人。聽說從尋找失物到咒殺仇人，不管什麼樣的請託，烏妃娘娘全都做得到？」

「呃……嗯……」

高峻心想，自己從來沒有見過壽雪做出咒殺他人的行為，她應該是不會做這種事才對。

「微臣……」

之季正欲言又止，忽見衛青走上前來說道：「大家，鴦妃來了。」

「噢，對了。是今天……」

花娘想要出宮借書，高峻於是核發了到洪濤院的外出許可。

不一會兒，花娘帶著數名侍女及宦官走了進來。她今天穿著一件略帶薄鼠色❸的水藍色上衣，看起來相當清爽。插在髮髻上的步搖不斷發出清脆聲響，更添清涼感。

「花娘，妳曾說過，妳今天想要借的是詩歌古籍？」

3　淡紫灰色。

「詩歌古籍已經借了，另外我還想借卡卡密的繪卷抄本，帶回去和烏妃一起看……聽說是放在這間房間裡？」

花娘非常喜歡壽雪。

「卡卡密的繪卷抄本？」

高峻朝著房內一排排的棚架望去，說道：「不曉得放在哪裡。」

「微臣去拿來。」之季旋即轉身，他似乎非常清楚藏放的位置。

不一會兒，之季捧了些繪卷走回來，交給花娘的侍女。花娘道了謝，說道：「你是學士嗎？過去我沒有見過你。」

花娘經常來這裡借書，因此每一名學士都認識。

「微臣令狐之季，是新上任的學士。」

之季恭恭敬敬地作了一揖。

「噢……你是哪裡出身？」花娘問道。

高峻心中一驚，趕緊說道：「賀州。」

「微臣生於歷州蒲水，曾在賀州擔任觀察副使。」

花娘聽到這句話，臉上的微笑霎時變得僵硬。

「原來如此……我先把這些繪卷翻一翻，挑出要借的。」

花娘笑著說完後，走向後頭的長桌，捧著繪卷的侍女及宦官緊跟在後。

之季看著他們的背影，朝高峻問道：「微臣剛剛是否不應該提歷州？」

「唔……她有個朋友在歷州過世。」

高峻一邊說，一邊朝之季瞥了一眼。剛剛他的舉動，顯然是想要在妃嬪面前表現出自己是個有能力的官員，藉此提高自己的名聲。高峻不禁心想，看來他也是個相當有心機的人。

「……對了，你剛剛是不是想要說什麼話？」

「呃，是的……」之季低下頭說道：「敢問陛下，微臣是否也有機會向烏妃娘娘提出請託？抑或……烏妃娘娘只接受後宮人士的請託？」

「你也有事想求烏妃幫忙？」

高峻不禁有些吃驚。之季這個人，看起來實在不像會跟怪力亂神的事情沾上邊。

「是的……」之季輕撫自己的手腕，表情有如籠罩著一層陰影。

「……朕幫你問問看。你想求烏妃幫忙什麼事？」

之季的眼神左右飄移，顯得有些迷惘。

「或許陛下會覺得很可笑……」

他頓了一下，接著才抬頭說道：

「微臣常會看見有一隻手，拉著微臣的袖子。」

✿

壽雪坐在椅子上，看著跪在眼前的男人。據說他叫令狐之季，這個人乍看之下，實在不像是個官吏。當然壽雪到目前為止見過的官吏也不多，所以沒有辦法下定論，但至少他與壽雪過去見過的官吏都不相同。大多數的官吏，都散發出一股冰冷感，這並不是指態度上的冷酷無情，而是因太過理性而散發出的一種冰冷氣質。通常博學多聞且極度理性的人，都給人這種感覺。

但是從這個名叫之季的男人身上，卻感受不到這種冰冷感。他的眼神相當溫柔，而且不管是紅潤的皮膚，還是衣著裝扮，都帶有一種清潔感，給人一種平易近人的感覺。但是另一方面，從他的身上卻也能看見一道陰影，就好像是剛入春時的陰暗處，除了意想不到的陰寒之外，還有一股莫名的蕭瑟感。

——像這樣的人，為什麼會來到宮城？

從之季的身上，完全看不出報效國家的決心，或是追求功名利祿的野心。有的只是無盡的寂寥。

——這個男人很危險。

壽雪不禁皺起了眉頭。此時宦官遞上了一只玻璃盆，盆內擺滿了荔枝，為了方便食用，每一顆荔枝的紅色粗皮都已被剝去一半。壽雪捏著荔枝的皮，將白色的果肉放入口中，登時感覺到大量香甜汁液在口中擴散。

壽雪望向斜前方。高峻就坐在那裡，臉上毫無表情，微微倚靠著扶手，坐得氣定神閒。此刻沒有人開口說話，許是外頭的雨聲實在太響，就算開了口，恐怕也聽不見。

這裡是位於宮城東林內的皇帝離宮，有庭院，有池塘，還有美麗的樓閣。如果是正常情況下，還可以欣賞景色，但剛剛驟雨來得突然，不僅外頭的景色完全看不見，而且雨勢大得令人擔心這座涼亭會沒入水中。

——應該在淹水之前，這場雨就會停了吧……

面對這種突如其來的大雨，一行人什麼事也做不了，只能靜靜地等待雨停。當初是高峻告訴壽雪，有名學士有事相求，因此雙方約在東林見面，此時壽雪無事可做，只好偷偷觀察起之季其人。

——拉扯袖子的手……

壽雪低頭一看，心中不禁一突。

確實有一隻手，正拉著之季的右手袖子，那是一隻白皙、纖細的女人之手。並非用力拉扯，也不是緊緊握住，只是以指尖輕輕捏著。女人手掌後端有一小截袖子，顏色是淡黃色，上頭印染著小碎花，再後頭，就什麼都沒有了。就只有一隻手，沒有其他軀體部位。

雨勢終於減弱了一些，或許再過不久就會停了。高峻開口說道：

「他說常會看見有一隻手拉著他的袖子……」

壽雪點頭說道：

「女人之手，著淡黃碎花上衣。」

之季大驚失色，問道：

「娘娘如何得知？」

「此手正輕執汝袖。」

之季嘆了口氣。

「除了微臣之外，沒有人看見過。就連微臣自己，也只是偶爾才會看見……」

之季聲稱他問過很多人，大家都說沒有看見什麼拉著袖子的手，因此他一度懷疑是自己的眼睛有問題。

「吾亦非必然可見。有可見者，亦有不可見者。無緣見之，亦難強求。」

壽雪瞥了一眼之季的袖子，接著說道：

「此手之主，似為汝憂心不已。此女必是汝身邊之人，汝應知此女身分，亦應知此女所憂心之事，何須問吾？」

之季瞪大了眼睛說道：

「娘娘一看……就知道這麼多事？」

「吾可施術令幽鬼現身，何如？」

之季搖了搖頭，說道：

「那隻袖子，那隻手掌，都是微臣相當熟悉的。尤其是那隻手，微臣絕對不會看錯，那幽鬼是小明，是微臣的妹妹。」

「妹妹？」高峻呢喃道。

「雖然微臣稱她為妹妹，但我們並沒有血緣關係。陛下應該知道，微臣從小是個孤兒，小明也是個孤兒，像我們這樣的孤兒必須聚在一起，互相幫助才能活下去。」

小明的年紀比之季小三歲，是個做事有些笨拙的小女孩，之季把她當成了親妹妹，從小對她非常照顧。

「小明也很仰慕微臣，總是叫微臣『阿兄』……在微臣從小長大的村子裡，有一位老師願意教導孤兒們讀書識字，那位老師認為微臣資質不錯，對微臣另眼看待。因為這個緣故，微臣才得以蒙令狐家收為養子。當時微臣懇求養父養母，將小明也收為養女。他們除了繼承家門的兒子之外，剛好也想要一個女兒，於是便答應了。」

「你遇到了很好的父母。」高峻說道。之季露出了充滿關愛與懷念的微笑。光從那笑容，便不難想像之季與養父母之間的關係。

「是的，他們都是很好的人。雖然家境稱不上富裕，但還是決定同時領養我們兩個，多半是因為不忍心把我們兄妹兩人拆散吧。微臣這輩子不管做什麼，都沒有辦法報答養父母的大恩。但是……卻因為小明的事情，讓他們悲慟不已……」

之季的雙眸蒙上了一層陰影。

「小明長大之後，嫁到了鄰村。夫家在鄰村算是頗為富裕的地主之家，丈夫及公公婆婆也都是溫柔和善的好人，我們都很替她開心，認為她有了好歸宿……沒想到就在數年之後，夫家的狀況有了變化。或許正因為那一家人都太和善，所以才給了惡徒可乘之機吧。他們一家人都信奉了當時非常流行的月真教，只有小明抱持反對的立場，月真教的組織向他們索求高額的捐獻，小明屢次勸諫丈夫及公公婆婆，但他們都聽不進去。小明好幾次寫信給微臣，問微臣該怎麼辦才好，當時微臣正在其他州工作，沒有辦法立即返鄉……如今微臣感到非常後悔，當時應該立刻拋下工作趕回家鄉幫助小明才對。」

之季眉頭深鎖，似乎感覺繼續說下去是一件相當痛苦的事。

「……既是悲傷往事，說其梗概即可，不必詳述。」壽雪說道。

之季點了點頭，搗著嘴沉默了好一會兒，才吁出一口氣，接著說道：

「直到現在，微臣還是不明白，夫家的人原本那麼溫柔親切，怎麼會做出那麼可怕的事情？難道這就是信仰嗎……？有一天，公公、婆婆勸小明也加入月真教。其實在那之前，公公、婆婆便已提過好幾次，每次她都拒絕了。但是那一天，雙方僵持不下，最後大吵起來，還動起了手……公公、婆婆竟然拿出棍棒，將小明毆打致死。微臣後來聽說，公公、婆婆一邊打，還一邊大喊要把她身體裡的妖魔鬼怪趕走。小明被打死之後，公公、婆婆立即遭到逮捕，不久之後就被處死了。當微臣回到家鄉的時候，小明的遺體已經被放進棺木裡，只等著下葬。父母知道微臣與小明的感情很好，所以特意等到微臣回來才下葬。微臣一看小明的遺體，她的身上及臉上傷痕累累，只能靠化妝來遮掩。過了數個月後，月真教就因為暴動而瓦解了。」

之季垂下了頭，接著說道：

「……微臣發現這隻手，是在小明過世的半年之後。這小碎花的衣服，是微臣從前買給她的，小明非常喜歡。當然這只是一件舊衣，不是什麼新剪裁的衣服……其實就算沒有這件衣服，微臣也能看出這是小明的手。小時候，小明總是畏畏縮縮地捏著微臣的袖子，跟在微臣的後頭，這種嬌怯怯地捏著袖子的動作，就跟從前的小明一模一樣，微臣有時甚至會感覺小明還活著，忍不住想要握住這隻手。」

之季的臉上露出了寂寞的微笑。

「小明是個笨拙的女孩，什麼事都做不好，但比起自己，她反而會為微臣擔心。微臣從前常跟她說，與其擔心別人，不如先擔心妳自己……但她這個習慣就是改不掉，或許這就是她的性格吧。」

「……如今執袖之人，便是小明？」壽雪問道。

之季垂下了頭，說道：

「一定是的。」

接著他點了點頭，彷彿在說服著自己。壽雪默默凝視著他。

「故微臣想請烏妃娘娘幫忙，將小明的幽鬼送往極樂淨土吧。不然的話，小明實在是太可憐了……」

「小明若無憂心之事，不須吾相助，亦會往赴樂土。此幽鬼逗留不去，實因汝之故。」

——而且之季一定知道讓小明感到憂心的原因。

只是之季刻意不提，壽雪也無從得知。

之季垂下了頭，沉默不語。壽雪低頭望向之季的腰際，打從兩人一見面，她便一直在意著之季腰帶上的佩飾。為什麼他會佩戴白珊瑚佩飾？

——八真教……

「……汝曾任賀州觀察副使，莫非乃是八真教信徒？」

「不是。」

之季回答得直截了當。

「既非八真教徒，為何佩掛八真教徒信物？」

「微臣佩掛這個……」之季伸手觸摸那白珊瑚佩飾。「是為了打探八真教及沙那賣家的底細。」

「之季在賀州曾因為調查八真教與沙那賣家的關係，而遭人下毒。」

高峻插嘴說道。壽雪朝高峻瞥了一眼。

「他們有可能只是暫時放過了微臣。宮城裡必定也有八真教的信眾，微臣佩戴此物，是為了掩人耳目。」

壽雪的心中湧起了一股極不舒服的感覺。就好像有一團灼熱的物體，正在朝著皮膚緩緩逼近。那是一種對八真教的危機感。白妙子原來是大海龜之神……那是否就是古代人所信仰的鼇神？

——鼇神再度召喚小人……

壽雪心想，多半是同一信仰吧。古代的神祇，正在逐漸恢復其神力……而這正是八真教的信仰核心。

「……如今尚在調查？」

壽雪心裡有股非常不好的預感。

「咦？」

「八真教與沙那賣家……汝如今尚在調查？」

「是的。」之季以一副理所當然的態度點頭說道：「八真教若加以放任，必然招生禍端……無論如何一定要瓦解這個組織才行。」

之季在說出這句話的時候，聲音陰沉而深幽，彷彿發自黑暗之中。壽雪暗想，這就是推著他前進的力量吧。

「汝恨八真教？」

之季目不轉睛地凝視壽雪，雙眸中燃燒著漆黑的火焰。

「八真教是從月真教衍生出來的教派？」高峻問道。

「是的。」之季答道：

「……當年慫恿小明的夫家信奉月真教的人，就是現今的八真教教主白雷。」

他說得恨恨不已，與他那溫厚慈和的臉孔顯得格格不入。「以棍棒敲打就能趕走體內的妖魔鬼怪……這種荒謬的言論也是從這個男人的嘴裡說出來的。」

——他恨極了那個名叫白雷的男人。

壽雪將視線從之季的臉上移開，望向揑著袖子的白色手掌想必這就是小明所憂心之事。之季心中的仇恨，令小明感到不安，她擔心仇恨會讓之季化身成名為復仇的野獸。

除非之季放下仇恨，不再有復仇之心，否則小明絕對無法安心離開，往赴極樂淨土。她會一直抓著之季的袖子，希望之季不要做出傻事。

壽雪轉頭望向高峻。他還是一樣面無表情，看不出來心中在想些什麼。

「總而言之，此事吾愛莫能助。吾雖可強行驅除小明，然無法令小明往赴樂土。汝若願小明渡海至幽宮，將來魂歸星河，當勿令小明復為汝擔憂。」

死者的靈魂，必須橫越西方大海，前往幽宮。其靈魂經過漫長歲月的等待，將會進入自幽宮流出的星河之內。星河就在夜晚的天空中，海上之民認為天空並非在頭頂，而是橫躺在海面上，星河就像是從這一片大海跨越到另一片大海的迴廊，靈魂在其中會化為流星，降落至地表，成為新的生命。可能是海中的魚兒，可能是地上的草木，也可能是人。

——每當閃爍的星光降落大地，就會孕育出新的生命。

正因如此，世人才會對星辰抱持著敬畏與思慕之情。

「渡海清風鳴花笛，仰望繁星思故人。汝若願小明安詳渡海，勿復令其憂心。」

之季緊咬雙唇，垂下了頭。半晌之後，他緩緩搖頭說道：

「對不起……微臣似乎……還沒辦法送小明往赴極樂淨土。」

壽雪蹙眉無語。轉頭望向高峻，只見他愣愣地看著槅扇窗外。雨已經停了，窗外不斷傳來水滴自枝葉滑落地面的滴答聲。

高峻回到了內廷，吩咐衛青煮茶。而後釜中不斷地冒出熱氣，高峻聞著茶香，從肩膀到背部的僵硬感終於獲得舒緩，他閉上雙眼，將整個身體仰靠在椅背上。

衛青取長匙舀起煮好的茶，倒入杯中。高峻一伸手接過，頓時聞到更強烈的清香自杯中飄出。輕輕一啜，餘韻甘甜。

「這是哪裡的茶？」

「大家，這是蕪州茶。」

「嗯，真是好喝。你煮的茶果然是天下第一。」

「謝大家誇獎。」

衛青臉上露出了自豪的微笑。

高峻一邊喝著茶，一邊問道：

「找到封一行了嗎？」

「目前並沒有逃出京師的跡象，還在繼續搜索當中。」

高峻點了點頭。封一行正是當初將宵月帶至京師交給魚泳的人物，高峻早已派人將他的底細查得一清二楚，他不僅是前朝的巫術師，而且是欒冰月的老師。像這樣的人物，到底是基於什麼樣的目的，才把宵月送進了後宮？一定要趕快將他逮住才行，還有很多事得對他問個清楚。

高峻又問了衛青另一個問題。

「青……你對之季這個人有何看法？」

兩人獨處的時候，高峻經常這樣沒來由地問出一句話，衛青早已習以為常。

衛青垂下了他那油亮修長的睫毛，想也不想地說道：

「我覺得這個人非常危險。」

「噢？」

「大家，我認為這個人還是別相信比較好。」

「朕看起來像是已經相信他了嗎？」

衛青一時默然，仔細觀察高峻的神情。高峻輕撫著畫了花鳥圖紋的茶杯杯緣，說道：

「……朕真正在意的，是朝陽心裡在打什麼算盤。」

「大家說的是沙那賣的……」

「朕跟那個男人見過三次面，從來不曾摸清楚他心中的想法。朕可以肯定，如果沙那賣真的勾結八真教意圖不軌，朝陽絕對會做到不著痕跡。而且他如果想要殺死之季，絕對不會失敗，甚至還讓他逃走，之季如果真的是從賀州逃至京師，那必定在朝陽的算計之中。」

「……這麼說來，之季是沙那賣的爪牙？」

「不……」高峻放下茶杯後說道：

「這個目前還很難說。之季是主動逃到京師來，還是受到了朝陽的指使……朝陽與之季私底下是否有所勾結……朝陽與八真教到底是什麼樣的關係，都還有待釐清……」

——每一步都必須小心謹慎，心急反而會誤事。

高峻將雙手交握在胸前，輕輕閉上雙眼。

——沙那賣朝陽……

令人感到棘手的沙那賣家當家。然而高峻就連他真正的名字也不知道。那個人的心裡到底在打著什麼主意？

「近來經常進出雲家的賀州絹商，也有一些可疑。」衛青說道。

高峻微微點頭。

——雲太師，你可千萬別亂來。

原本掌握在手裡的東西，似乎正一點一滴從指縫間流走，最後什麼也不剩。

這樣的感覺，一直在腦中揮之不去。

在高峻閉上雙眼的期間，衛青薰起了香。丁子香、青木香、全淺香……這房間裡向來準備了各式各樣的香，最近高峻特別鍾愛黃熟香，這也是壽雪經常薰的香。

芬芳的香氣瀰漫在四周，感覺就好像置身在夜明宮內。高峻深吸一口氣，再緩緩吐出。

壽雪曾經告知，八真教所祭祀的神明是古代的大海龜神，在得知這件事的時候，高峻感覺到黑暗中彷彿有東西在蠢蠢欲動，朝著自己伸出魔爪。不論如何，一定要先釐清那東西到底是什麼。

「……什麼事？」

一陣腳步聲讓高峻睜開了眼睛。一名打雜跑腿的年輕宦官，來到了衛青的身邊，高舉手中的托盆。衛青接過托盆，放在桌上。

「這是前幾天從迎州進貢之物。」

「噢……朕沒記錯的話，是個相當少見的大海螺。」

衛青取下托盆上的布。底下確實是一顆相當大的海螺，幾乎和高峻的臉差不多大，顏色深邃而漆黑，但隨著觀看角度的不同，螺身會散發出七彩的色澤，因此被命名為「光彩烏螺」。據說海洋的盡頭處有一片霧氣，名為「海隅蜃樓」，那片霧氣是由神明所創造，而大海螺就是這個神明的使者。更何況像這樣閃爍著七彩光輝的烏螺，實在是相當罕見，有漁民在海灘上拾獲這個烏螺，認為這是瑞兆，因此進貢入朝。

「這海螺是在浪鼓的海灘上拾獲的……那裡是衣斯哈的故鄉。據說常有各種稀奇古怪的東西漂流到那海灘上。」

——包含屍體。

驀然間，高峻想起了霄國的創世神話。據說霄國的土地，是由神明的屍體所形成，神明的屍體遭到切割後漂洋過海，在這裡形成了島嶼。

——從死亡中孕育而生的國家。統治這個國家的皇帝，就像是坐鎮在屍骸之上。

高峻拿起那海螺，看著上頭的七彩光澤。忽然間，他似乎聽見了某種細微聲響，不由得環顧左右。

「大家，您怎麼了？」

「你沒聽見聲音嗎？」

衛青停下動作，仔細聆聽，半晌後納悶地說道：「我沒聽見任何……」

他一句話還沒有說完，高峻便伸手制止他再說下去。那聲音又響起來了。

聽起來像是呢喃聲。然而並非卻從遠方傳來，而是從近處發出，卻又相當細微，很難聽得清楚。

「夏王啊……」

高峻大吃一驚。這聲音……自己似乎曾經在哪裡聽過。

好像很高亢，卻又非常低沉，宛如浪潮聲一般深遠迴盪。這是……

「宵月……不，梟！」

高峻低頭望向手中的海螺，聲音就是從這裡發出來的。

「夏王……不，是不是該稱你為皇帝？你們的稱呼實在太複雜，我從來沒有搞懂。」

「這是怎麼回事？為什麼我能聽見你的聲音？你在哪裡？」

「大家……？」

衛青慌了手腳，不停問道：「您怎麼了？」

「……你聽不見？」

高峻驚訝地看了看衛青，又看了看海螺。

「只有身上帶著我的記號的人，才能聽見我的聲音。」

「記號？」

「你身上的傷，應該留下了疤痕吧？」

高峻下意識地按住了手臂。當初遭梟砍了一劍，如今雖然早已痊癒，受傷處卻留下了淡褐色的疤痕，形狀有如貓頭鷹的羽毛。

「我現在哪裡也去不了，也沒辦法製造『使部』，只能對你傳送聲音。」

接著梟似乎嘆了口氣。

「因為我被關在監牢裡。唉，真是落魄。」

「監牢？」

「我不是說過嗎？依照規矩，我不能對你們做出任何干涉。咦？沒有說過嗎？好吧，那不重要。總之我現在遭到處罰，被打入了大牢，所以只好請大海螺幫幫忙。」

「你剛剛不是說，你沒有辦法製造『使部』？」

「大海螺不是『使部』，只是幫忙傳遞我的聲音。如今大海螺在你的手裡，它的本體在海中漂蕩，將我的聲音傳遞過去。可惜這有個麻煩之處，那就是隨著潮汐的變化，有時聲音傳得過去，有時聲音傳不過去。」

高峻看著大海螺，皺起了眉頭。

「你做這種事，有什麼企圖？難道你光靠聲音，就可以殺死烏妃？」

梟的目的，是將烏妃與其體內的烏同時殺死。

「當然殺不死。但我這個人一旦決定行動，就沒辦法再袖手旁觀。我想要拯救烏。」

梟的口氣雖然讓人有些捉摸不透，卻帶著一絲殷切。

「……但你什麼也做不了。」

「沒錯，所以我想要拜託你。」

「什麼？」

高峻錯愕地說道：

「你要拜託朕殺死烏妃？」

「不，我是要你拯救烏。」

「但這不是……」

「你不想殺死烏妃，而我想拯救烏。畢竟如果可以的話，我也不想殺害無辜少女，這個我上次也說過了。既然如此，我希望你好好想一想。」

「……好好想一想？」

「有什麼辦法可以拯救烏，但不用殺死烏妃。」

高峻不由得低頭凝視那海螺。海螺的表面漆黑油亮，其上流轉的七彩光澤有如水波搖曳之湖面所反射的月光。

「我相信這也是拯救烏妃的方法……你不是想要救烏妃嗎？」

高峻不知不覺屏住了呼吸。沒錯，拯救烏妃脫離痛苦，一直是自己追求的目標。

「……但這麼一來……」

——是否意味著國家將會失去冬王？

將烏封印在烏妃的體內，並且將烏妃隱匿在後宮，是這個國家維持冬、夏雙王並立的條件。如果將烏解放……將會造成什麼樣的結果？如今的烏，想必已不再是原本的烏；如今的國家，也已不再是冬王、夏王並立的狀態。

——國家必定會陷入一片混亂。

國家的混亂會導致戰爭。高峻垂下頭，閉上了雙眼，眼前彷彿可以看見國家因戰亂而化為焦土的景象。身為皇帝，如何能夠做出這樣的選擇？

梟毫不理會沉默不語的高峻，接著說道：

「你我目標並不互相衝突，希望你能好好想一想，如何讓我們雙方攜手合作。」

「這太荒謬了……」

高峻以手抵著額頭說道：

「連神也束手無策的事情，朕如何能想出解決方法？」

梟哼了一聲。

「人類好像都把我們當成了神，但我根本不懂那是什麼樣的概念。我們能做到一些你們做不到的事情，但你們也能做到我們所做不到的事。對不同種族的對象抱持敬畏之心並非壞事，但如果把我們當成無所不能，那就大錯特錯了。」

「朕也不認為你們無所不能……」

但是雙方的差異，也並非只是種族差異那麼簡單。

「你們有辦法對抗熊的利爪、狼的尖牙嗎？絕對贏不了，對吧？但你們擁有智慧，你們能夠製造器具，並能夠以器具來對抗野獸。我們跟你們的差距，也就只是這種程度而已。當然我們也擁有智慧，但我們的智慧，與你們的智慧在本質上完全不同。例如我們作夢也想不到，香薔會做出那種愚蠢的行為，那麼做沒辦法讓任何人得到好處……不，勉強來說，是只有欒夕才得到了好處。我們實在無法理解，香薔為什麼會為了一個人的好處，做出這麼愚蠢的事。」

香薔是第一代的烏妃，更是將烏封印在烏妃體內的元凶。

「因此我猜想，或許你們有辦法想出拯救烏的方法……」

真的有那種方法嗎？如果真的有的話……

梟的聲音越來越遙遠了。最後他只匆匆留下一句「要退潮了」，整個房間就此回歸一片寂靜。

高峻壓抑下想要把海螺扔出去的衝動，將海螺放回托盆內，而後深深嘆了一口氣。

「……大家，您沒事吧？」

屏息守候在一旁的衛青戰戰兢兢地問道。

「嗯……」

原本喝了衛青煮的茶之後感覺身心輕盈，此時又變得沉重且疲累不堪。

「抱歉，再幫朕煮些茶吧。這次的別太燙。」

「遵命。」

衛青非但沒有嫌麻煩，反而露出一臉開心的表情，明明煮茶就是一件非常麻煩的事情。

高峻看著衛青生火、燒水、煮茶一連串的流暢動作，心靈逐漸回復平靜。

雖然茶葉都已事先炒好磨碎，但水量跟火候要控制的恰到好處還是需要一定技巧，衛青從以前就是個做事機靈的人，很會掌握事情的細節。

——如果他不是宦官，肯定能夠當一名很好的官員。

高峻偶爾會產生這樣的想法，但從來不曾說出口。就算說了，也無法改變什麼，只是徒增衛青的屈辱感而已。

「……不管是煮茶還是寫字，你都是一教就會。」

「謝謝大家的稱讚。能夠蒙大家教導，是我最快樂的事情。」

「噢？」

「在獲得大家拯救之前，那是我想也不敢想的事情。」

沸騰的水聲在房間內迴盪。衛青從鹽臺上取了一些鹽，加入釜中。

「我並不後悔成為宦官。就算待在出生的地方，下場也只會比成為宦官更慘。」

衛青似乎察覺了高峻的心思，忽然說了這句話，同時露出了微笑。

那微笑是如此俊美。

「……」

容貌比任何人都俊美的衛青，在成為宦官的雛兒後有著什麼樣的悲慘遭遇，高峻心裡十分清楚。因此高峻一句話也沒說，高峻甚至想像不出來，什麼樣的狀況會比他當上宦官之後的遭遇更慘。

——聽說他出生在青樓之中。

衛青似乎不想提，所以高峻也從不曾過問。

——對了，壽雪好像也是在青樓出生。

過去曾經聽壽雪提起過。在成為家婢前，壽雪一直住在青樓裡，而且母親是一名妓女。

高峻滿懷感慨地看著衛青將茶舀入杯中。壽雪的容貌也很美，雖然五官樣貌與衛青截然不同，但眉目之間的神色有幾分相似之處。最大的共通點，大概就是容貌俊美卻有著不苟言笑的冰冷氛圍吧。

「……朕總覺得你跟壽雪應該能成為知己。」

衛青差點將茶灑了出來。

「大……大家真的是常常口出驚人之語。」

衛青所露出的表情，彷彿臉上寫著「誰要跟那種人當知己」。高峻忍不住哈哈大笑，心裡暗自決定下次也跟壽雪說相同的話，看看她的反應。

❀

屋外又下起了大雨。激烈的雨聲，令人不禁擔心地面的鵝卵石會被強勁的雨滴鑿穿。幸好這樣的大雨通常維持不久，如果連下一整晚的話，恐怕殿舍屋頂的屋瓦全部都會被撞破。

「雨勢這麼大，就算想要出去巡邏也沒有辦法。」

淡海無奈地看著窗外，就連他的聲音，也幾乎完全被雨聲掩蓋住了。除了九九及衣斯哈之外，平常大多待在外頭的溫螢及淡海也因為雨勢太大而進入了殿舍內，使得房間變得有些狹窄。紅翹及桂子在廚房煮著茶，但因被雨水的氣味覆蓋之故，從房間裡完全聞不到茶香。原本正在看書的壽雪抬起了頭，望向窗外。那簡直不像是下雨，像是有人從空中不停地倒水，放眼望去全是水氣煙霧，什麼也看不到。

房間裡頗為昏暗，故燈籠已早早點上了火。這般因下雨而造成的幽暗，與傍晚或黎明時分的昏沉頗不相同，給人一種奇妙的感覺。

九九與衣斯哈在窗邊擺了棋盤，正在下棋。兩個人下棋的動作都有些生澀而僵硬，顯然並不通此道。溫螢及淡海分別站在兩個人的背後，一下子說「應該下在這裡」，一下子又說「這一子下得不好」。不，發表意見的人只有淡海，溫螢大部分時候只是默默看著，只不過偶爾會突然朝淡海說一句「你閉嘴」。

棋盤是高峻所送的，用意似乎是希望壽雪能精進棋藝。壽雪意外發現溫螢的棋藝相當不錯，因此有時會找溫螢當下棋的對手。至於淡海，則因為定性太差，從不曾下到最後的關係，實在很難判斷他到底是強是弱。

壽雪雖然看著書，卻一個字也讀不進腦袋裡。或許是因為雨聲太大的關係，壽雪不知不覺陷入了沉思。大海龜之神、八真教、白妙子、鶴妃……以及捏著之季袖子的那只小明的白晳手掌。

站在壽雪的立場來看，實在不應該放任那幽鬼這麼存在下去。但小明沒辦法放手，是因為擔心之季的安危，而之季明知道這一點，卻還是無法放下那名為復仇的執迷之心。

——之季想要殺死八真教主？

就好像當初高峻想要殺死皇太后一樣？

如果是這樣的話，高峻想必非常能夠體會之季的心情，而且以高峻的性格，他一定會對之季寄予同情，絕對不會勸他就此罷手。

小明想要阻止之季，然而之季絕對不會輕易善罷甘休，面對這樣的情況，壽雪可說是束手無策。

——明明知道報仇只會帶來空虛。

高峻絕對不會阻止……

壽雪感覺自己有一點理解高峻，卻也明白有個部分是自己絕對無法理解的，那就是深藏在高峻心中的憎恨之火。雖然皇太后已死，這把火卻依然在高峻的心中悶燒，奪走他的生氣，使他有如行屍走肉。

壽雪無法理解高峻的心情。但如果是之季的話，肯定能夠理解吧。

這一點像根針一樣，扎在壽雪的胸口。那種感覺並非不耐煩，也不是痛苦，而是一點點的焦躁，混雜了一點點的寂寥。

——這股莫名其妙的心情到底是什麼？

壽雪站了起來。九九等人不再說話，停下手邊的動作，全部跟著起身。壽雪伸手制止他們，並朝著門口的方向走去。

「雨止矣。」

剛剛那水氣迷濛的滂沱大雨，不知何時竟已停了。槅扇窗外，只剩下翠綠的草葉上還掛著水珠。

「娘娘要去哪裡？」

九九問道。

「洪濤院。」

「出發之前，先派使者過去說一聲吧。」溫螢轉頭望向淡海。

「咦？我去？為什麼不叫衣斯哈？」淡海大聲抱怨。

「衣斯哈走路的速度太慢了。」溫螢指著門口說道：「叫你去，就快去。」

「為什麼是你下命令？」淡海嘴裡咕噥，兩條腿已奔出門外。不愧是淡海，轉眼間已跑得不見人影。

「淡海速度快，娘娘在後面慢慢走，到那邊的時候剛剛好。娘娘，我陪您一起去。」

「可是……娘娘，茶已經快煮好了，您不喝了再去嗎？」

九九轉頭望向廚房。大雨一停，煮茶的芬芳香氣馬上就飄進了房間裡。

「汝等飲之。」

「但是……今天有花娘娘送的蓮子餡包子呢。」

壽雪正走向門口，一聽到這句話，驟然停下了腳步。

「……留下吾份。」

壽雪頓了一下，接著又說道：「亦留下溫螢、淡海之份。」

兩個人走到了洪濤院的院門處，剛好看見淡海走了出來。

「我已經跟他們說了，烏妃娘娘等等就來。」

淡海接著以輕佻的口吻說道：「反正我已經在這裡了，乾脆陪妳進去吧？」

「不必，汝可回夜明宮。」

「我可也算是烏妃的護衛。」

「此間有溫螢足矣。」壽雪說道。

「『沒人要』的感覺真是寂寞。」

淡海笑著說道：「哈哈哈，我開……」

「寂寞？」

壽雪不等淡海說完，仰頭看著他說道。

「咦？」

「若是寂寞，可隨吾來。」

壽雪說完這句話後，便跨進了門內，留下淡海錯愕地望著她前行的背影。

跟在後頭的溫螢這時才低聲朝淡海罵道：

「娘娘心地過於善良，你別開她玩笑。」

「……」

淡海只好閉上嘴，默默跟在溫螢後頭。

一名學士站在洪濤院的殿舍前迎接，年紀約莫是四十多歲，神情看起來頗有智慧，正是何明允，他一看到壽雪，立刻作了一揖。壽雪過去曾形容這個人「貌似腦中藏書萬卷」，如今這個評價依然沒有改變。

「令狐之季何在？」壽雪劈頭便問。

明允連眉毛也沒有動一下，想也不想地說道：「請讓微臣帶路。」

一行人穿過走廊，沿路上的學士們突然看見身穿黑衣的妃嬪，全都錯愕地停下腳步。壽雪回想上次來到洪濤院，自己是換上了宦官的服色，自從高峻核發了讓烏妃自由進出後宮的許可證之後，往來各地也變得方便許多，但比起烏妃裝扮，還是假扮成宦官的模樣比較不會引人側目。

明允打開了一間房間的門，房間裡同樣有著一排排的棚架，收藏著各種竹木簡、卷紙及冊子。一名青年站在棚架前，懷裡捧著竹簡，他聞聲轉過了頭，那人正是之季。

「……烏妃娘娘。」

之季趕緊將竹簡放回架上，朝著壽雪行禮。

「有事相詢。」

「是……」

兩人於是隔著矮桌面對面坐下。明允朝壽雪一揖，正要走出房間，但他忽然想到一事，轉頭說道：

「對了，陛下等等也會駕臨。剛剛微臣已先派人通報陛下，烏妃娘娘正在洪濤院內……不過這裡禁止飲食，所以無法奉茶給兩位，請娘娘莫見怪。」

明允輕描淡寫地說完這幾句話，轉身走出了房間。

——高峻等等也會來。

雖然與高峻見面並不是什麼大不了的事情，但壽雪實在不想被高峻聽見自己與之季之間的對話。

此時溫螢站在壽雪的背後，淡海則站在門邊。壽雪仰靠在椅背上，凝視著之季——不，正確來說，是凝視著其袖上那隻纖白的手掌。自槅扇窗外透入的淡淡曦照，籠罩著他的上半身。那雪白手指的動作顯得有些嬌怯，卻又緊緊捏著之季的袖子不放，在微弱的陽光照耀下，每一根手指看起來都是如此纖細而柔弱。

「汝……欲殺八真教教主？」

之季垂下了頭，柔和的神情閃過一抹陰霾。

「……微臣也不知道。有時微臣心裡會產生恨不得把他勒死的衝動。他經常向人強調八真教是源自月真教的教派，藉此吸收從前的月真教信徒，來壯大八真教的勢力。但因為受到沙那賣家庇護，州院及使院都不敢輕舉妄動……不，或許州院及使院都早已被籠絡了。無論如何，一定要瓦解八真教才行，否則的話，一定還會出現更多像小明這樣的受害者。但比起這些冠冕堂皇的理由，其實微臣真正的想法，或許只是想把那個男人狠狠折磨一頓，讓他受盡屈辱，滿身都是鮮血，最後再將他殺了……」

之季的聲音低沉而輕柔，沒有一絲一毫的激動，但卻能明顯感覺得出其內心深處沉澱著無可宣洩的恨意。

「除了憎恨之外，微臣的心裡還有懊悔。因為懊悔，所以更加憎恨……」

「何事懊悔？悔汝未能救小明？」

之季垂下頭，緊緊閉上雙眼。

「之……」

壽雪正要繼續說話，房門突然開了。站在門邊的淡海慌忙下跪，隨即溫螢也轉身跪下，之季亦然，唯獨壽雪端坐不動。

進入房中之人正是高峻，後頭還跟著衛青。高峻命眾人平身後，走向矮桌。

「讓朕也參與討論吧？」

高峻朝壽雪問道。他身為皇帝，根本不必特地問這句話，但或許是個性使然，他非常重視這方面的禮節。

「汝可自便。」壽雪答道。高峻於是在她身旁坐了下來。之季看了看高峻，又看了看壽雪，顯得有些驚訝。

「汝方才所言懊悔……」壽雪對著之季問道：「所指何事？」

之季垂下頭，看著自己的雙手，半晌後抬頭說道：

「情同兄妹，畢竟不同於真正的兄妹。」

壽雪眨了眨眼睛，問道：「此話何解？」

「微臣一直把小明當成妹妹看待。因此能夠一起被令狐家領養，微臣真的很開心……微臣以為小明會跟微臣一樣開心。微臣以為她仰慕微臣，是把微臣當成了她的哥哥……」

之季說到這裡，忽然露出自嘲的微笑。

「不……其實微臣只是這麼說服自己而已。微臣一直在逃避。其實微臣早已隱隱察覺，卻一直裝作不知道。」

「小明……」壽雪原想要說話，話音卻又戛然而止。因為她不知道這句話該不該由自己說出口。

「在小明婚事談妥的那天晚上，她對微臣坦白說出了一切。她說她是真心愛著微臣，並非把微臣當成兄長。但是微臣……沒有辦法接受她的愛，小明似乎也知道微臣不會接納她，所以也並不打算抗拒這樁婚事。到了隔天，她就出嫁了，彷彿昨晚什麼事也沒有發生。」

之季捧住了自己的頭，接著說道：

「那天晚上，微臣是不是應該答應娶她？如果微臣能夠阻止那樁婚事，小明就不會死了。但是……微臣無法欺騙自己……」

之季發出了呻吟，彷彿想要嘔出鬱積在心頭的沉澱物。

「小明是微臣的妹妹……對微臣來說……她就只是妹妹……」

這件事，想必讓之季長期受盡了內心煎熬。如果能夠接納小明的愛，或許小明根本不會慘死，但之季心裡，只把小明當成了妹妹……

壽雪回想起了已經過世的鵲妃。

天底下既有愛著親哥哥的妹妹，也有無法去愛乾妹妹的哥哥。

——真是造化弄人。

難道之季只要接納小明的愛，就能過幸福美滿的日子嗎？不，當然沒有那回事。但是之季在拒絕了小明之後，卻必須承受懊悔的煎熬，壽雪非常能夠理解他的心情。

「……悔而生怨，怨而生恨。故此恨如影隨形，永難解脫？」

之季緩緩搖頭說道：

「微臣也說不上來。微臣並不是為了擺脫懊悔，才故意心懷怨恨。但是在怨恨的背後，卻也混雜著懊悔。」

壽雪望向之季袖子上的那隻手。白皙的手指此刻動也不動，只是緊捍著袖子。

「就算擺脫了懊悔，也擺脫不了憎恨。」

高峻忽地喃喃說道。他轉頭望向透著微弱光線的槅扇窗，接著說道：

「憎恨會一直存在於心中，就算失去了可憎恨之人，也無法獲得解脫。」

高峻的聲音蕭瑟而寂寥，有如在冬天的樹林中吹拂而過的寒風。

「就好像深埋在土裡的火苗，會在空蕩蕩的心中永無止境地悶燒著。」

——那憎恨的星火，遲早會將高峻的一切燃燒殆盡。

壽雪驀然感到一陣恐懼，身體微微顫抖。

「深埋在土裡的火苗……陛下這形容真是貼切。微臣的心裡，確實有一把火在燃燒著……那把火深埋在心中，就算殺死憎恨的對象，也無法澆熄這憎恨之火。」

之季將左手伸向拉著右手袖子的那隻手掌。

「對不起，小明。我沒辦法消除妳的不安。所以……讓我們繼續在一起吧。直到妳心滿意足為止。」

微弱光線照耀下，兩隻手掌交疊在一起。

之季朝著壽雪低頭鞠躬，說道：「真的非常抱歉，煩勞娘娘為微臣的事煩心，最後卻是這樣的結果……」

「區區小事……」壽雪移開了視線。

高峻無聲無息地站了起來。除了衣服摩擦聲之外，沒有發出任何聲響。

「之季，關於八真教的事，朕有幾句話想要問你。」高峻說完這句話，便朝門口走去。

「是。」之季趕緊起身，跟在高峻身後。壽雪依然坐著不動，看著兩人走出門外。

——這種感覺是什麼？

胸中的深處彷彿有一團灼熱的物體，像是蜷伏於暗處的蛇開始緩緩爬動，又像是一團混濁的泥漿被人從底部不停攪動。

——我永遠不會知道，只有那兩個人才知道的祕密……不，應該說是只有之季才知道的祕密。

現在不知道，以後大概也不會知道。

「娘娘……」

溫螢的聲音，讓壽雪回過神來。

「要不要回去了？」

「啊……嗯……」

壽雪點點頭，起身走向門口。站在門邊的淡海低聲問道：

「妳還好嗎？」

壽雪仰頭望向淡海。他的表情相當認真，不像平常那樣輕浮。

「無妨。」

壽雪應了一聲，走出門外。為什麼淡海會問那樣的問題？為什麼自己會那樣回答？她自己也說不出個所以然來。

✿

夜明宮的周圍受到杜鵑花及㮚樹林環繞。每年到了雨季，樹林就會綠意大增，冒出無數嫩芽，彷彿每一棵樹都在歡喜高歌。淡海朝著夜明宮的方向前進，沒有發出半點腳步聲，往頭頂上方一看，便是鬱鬱蒼蒼的枝葉，星烏帶著刺耳的鳴叫聲振翅飛過。

淡海感覺到了不尋常的氣流，驀然停下腳步，下一瞬間，眼前突然出現了一柄白晃晃的刀刃。淡海朝著那映照出葉影的光滑刀刃只是一瞥，接著便將視線移向左方。只見溫螢手持匕首，佇立在樹後。

「好危險，你幹什麼？」

「你剛剛跟誰見面？」

溫螢的臉色異常嚴峻，似乎並不打算放下手中的匕首。

「……其他宮的宮女。你也知道打探消息是我的看家本領，我想幫忙探聽一些消息。」

「那個宮女是雲中書令的眼線。」

淡海的嘴角微微上揚。

「我就知道，你全都看到了。」

「你也是眼線？」

「不，我不是任何人的間諜……如果我這麼說，你會相信嗎？」

溫螢往前踏出一步，刺出手中的匕首。淡海迅速閃過，抓住溫螢的手腕，接著腳下一勾，後者應聲而倒。接著淡海迅速上前，奪下其手中的匕首，並將他的身體緊緊壓住，同時以匕首抵住溫螢的喉嚨。

溫螢望向淡海，臉上露出難以置信的表情。

「我擅長射箭，並不代表我不擅長格鬥。」

溫螢一臉懊惱地皺眉說道：

「……像你這種奸詐狡猾的傢伙，有誰會相信你？」

「不讓人看穿底細，是我們的保身之道，不是嗎？我真的不是間諜，如果我要出賣你們，我一定會做得天衣無縫，不會被你抓到狐狸尾巴。」

溫螢瞪著淡海，臉上依然帶著懷疑之色。淡海伸手到溫螢的懷裡掏摸，取出匕首的劍鞘，將匕首插回鞘內，接著將匕首還給溫螢，同時向後退開。

「我見那宮女，是為了打探雲中書令的內情。你應該也很想知道雲中書令在打什麼算盤，不是嗎？」

「……你拿什麼情報跟她交換？」

「雲中書令想要知道烏妃的底細，我隨口說了一些跟烏妃有關的事情。」

「哪些事情？」

「例如鴦妃很喜歡她，上次鴦妃還帶了繪卷來跟她一起看什麼的。讓雲中書令知道孫女跟烏妃交情不錯，總好過讓他以為孫女和烏妃是敵對關係，對吧？」

溫螢目不轉睛地看著淡海，說道：

「……所以你這麼做，都是為了娘娘？」

「我是娘娘的護衛，不會做出對娘娘不利的事情。」

溫螢以質疑的眼神凝視淡海，半晌後吐了口氣，說道：

「好吧，那就好。」

「上次你是不是被衛內常侍罵了？他問你到底是誰的宦官，對吧？」

「我當然是大家的宦官，只是現在擔任娘娘的護衛。」

「是嗎？」淡海笑著說道：「我猜衛內常侍一定是氣壞了。否則的話，他也不會故意派我來跟你搭檔……不過我也不是不能理解你的心情。」

淡海轉頭望向夜明宮的方向。樹梢的上方，可看見漆黑的屋頂甍瓦。

「你說得沒錯，娘娘心地太善良了。怪不得你會這麼護著她……其實我也一樣。」

淡海頓了一下，接著呢喃說道：

「心地善良，沒有防備心，感覺隨時會遇上危險……對吧？」

溫螢只是默默聽著，沒有應話。

「像我們這種人，不管有沒有當宦官，都不會有人把我們當人看，對吧？我本來是個盜賊，後來因為犯了愚蠢的錯誤，被人逮住了，他們覺得我的長相還不錯，所以把我賣給仲介商人，於是我就被送到了這裡來，講得難聽一點，不過就是個雜碎。但我相信不管我是皇族、盜賊還是宦官，娘娘對我的關心都不會有所改變。」

淡海看著那漆黑的甍瓦，接著說道：

「就算是像我這樣的雜碎，也會希望像娘娘這樣的人能夠活得幸福。」

溫螢也跟著望向夜明宮，輕聲道：「我明白。」

「不過我並不像你這樣忠肝義膽，我只是希望被娘娘喜歡而已。」

溫螢皺起眉頭，說道：「什麼？」

「你的目的是為娘娘盡忠，我的目的只是受娘娘寵愛。」

「……」

溫螢似乎無法理解淡海的話中之意，只是對著後者露出了一臉輕蔑的神情，便不再多說什麼了。

「……結果呢？」兩人一同走向夜明宮，溫螢問道：「你從那宮女的口中，問出什麼雲中書令的內情了嗎？」

「那當然。不過這件事與其告訴娘娘，或許更適合告訴大家。」

「發生了什麼事？」

「不是發生了什麼事，而是接下來可能會發生什麼事。不過到底會發生什麼事，我也搞不太清楚。」

淡海接著壓低了聲音說道：

「那宮女說，雲中書令最近一直在蒐集賀州的消息。雲中書令靠著泊鶴宮內的眼線，探聽鶴妃的父親朝陽的事，聽說連平常出入宅邸的店鋪商人及貿易商人都要調查個一清二楚。理由我不清楚，或許大家知道也不一定，看來雲中書令並非像過去一樣，只是想掌握妃嬪們的狀況而已……這背後可能有著更大的圖謀。」

溫螢撫摸著下巴，面色凝重地說道：「泊鶴宮那個地方……一直有些古怪。」

「鶴妃在後宮裡的評價也很兩極，有人說她是個慷慨大方的妃子，也有人說她讓人心裡發毛。」

「讓人心裡發毛？」

「她心裡在想什麼，沒有人看得出來。」

一陣風在樹林裡穿梭而過，那陣風不僅溫熱、潮濕，而且給人一種沉重的感覺。淡海抬頭望著天空，灰色的雲層幾乎掩蓋了整片天際，那顏色與宦官的長袍如出一轍。

「趁下雨之前，我們快進屋去吧。」

淡海一邊催促溫螢，一邊拔腿奔跑。

打從天黑之前，花街的大道上便已燈火通明，懸掛在院門下方的燈籠，不斷閃爍著熠熠光芒。一群臉上塗抹著冰冷白色粉膏的妓女們，正為了打發時間而不停撥弄著琵琶弦，如果是在冬天，這個時候想必每一間青樓都已開始招攬客人，但此時是夏天，太陽還沒有完全下山，再加上突然下起了大雨，更是讓整條花街上的尋芳客寥寥可數。街上空空蕩蕩，青樓裡亦冷冷清清。

衛青披著防雨的大衣，以領子遮掩口鼻，在花街上快步前進。

——沒想到自己還有踏入這個地方的一天。

衛青雙眉緊蹙，低著頭不斷邁步。這裡是自己從小長大的地方，如果隨便露臉，搞不好會被人認出來。

衛青出生在一間瀰漫著粉膏氣味與汗臭味的青樓裡，母親是號稱擁有青樓第一美貌的妓女，父親則是經常捧場的有錢大爺。聽說父親曾答應幫母親贖身，迎娶母親為妾，但這件事後來不了了之，母親也因為羞憤而取剃刀自戕而死。衛青對孩提時代的唯一記憶，就只有粉膏氣味、汗臭味及刺鼻的血腥味。

變成了孤兒的衛青，除了成為男娼之外別無生存之道。坊間稱妓女為「鴇」，稱男娼為「鴨」，另將年紀幼小的男娼戲稱為「雛兒」。衛青拒絕成為男娼，寧願淨身進宮當宦官。然而進了宮之後衛青才得知，年幼的宦官同樣被稱為「雛兒」，而且師父們對衛青做的事，幾乎和對待男娼沒有什麼不同。年幼的衛青因為面容姣好，成了師父們眼中凌辱的肥羊，衛青不堪其辱，不管三七二十一地逃了出來，在宮裡漫無目的地亂竄，最後遇上了高峻。

由於記憶已經模糊，衛青不太確定自己是在哪裡遇見了高峻——或許是泊鶴宮吧，那裡是高峻的母親生前所居住之處。高峻看見全身傷痕累累且幾乎一絲不掛的衛青，什麼也沒有多問，立刻將衛青隱匿在身邊，後來還設法安排讓衛青成為自己的隨行宦官。直到今天，高峻依然不曾詢問衛青當時到底發生了什麼事。

衛青這個姓跟名，都是高峻取的，自己拋棄了原本的姓名，這輩子再也不打算使用。

對衛青來說，高峻不僅是唯一的主人，而且是比自己的性命更加重要的主人。因此在面對有可能讓主人的地位受到威脅的壽雪時，他總是感到既擔心又焦躁。然而直到最近他才領悟，自己討厭壽雪還有其他的理由。

因為壽雪是高峻的朋友。

那是衛青絕對不可能擁有的關係。衛青是高峻的奴僕，這是衛青自己所選擇的路。對衛青而言，高峻是救命恩人，是賜給了自己姓名的再生父母，是必須打從心底崇敬的對象，自己與高峻，絕對不可能變成對等的關係。

然而在之季出現後，衛青感覺自己的心情越來越不平靜。與之季相處時的高峻，看起來是如此悠閒而愜意，那想必是因為之季從不在高峻的面前表現出拘謹態度的關係。之季過去一直是在地方上任官，不像宮城內的官吏那麼注重禮節，這反而讓高峻感覺到輕鬆自在。

這是衛青絕對做不到的事情。自從明白了這點之後，衛青才驚覺自己對壽雪抱持著一股類似嫉妒的感情。

自己只能是高峻最忠實的奴僕，無法成為高峻的朋友。絕對不可能。

衛青當然並不後悔成為高峻的隨行宦官，只是感覺到一絲苦澀的落寞感在胸中擴散……如此而已。

衛青拉著大衣的領口，快步往前疾行，他的路徑逐漸偏離了大道，進入暗巷中，朝著目的地的青樓前進。

在巷子的轉角處，有一家小規模的青樓。雖然建築因老舊而泛黑，但看起來乾淨整潔，屋門附近及院門都經過細心打掃，暗巷裡的青樓能夠維持得這麼乾淨，算是頗為罕見。

雖然已開了門，但看起來相當冷清，似乎還沒有客人。衛青從懸吊著燈籠的正面大門繞到屋後，從後門往屋內窺望，門內似乎是廚房，昏暗的燈火下，一名少女正坐在灶前生火。衛青朝少女喊道：

「叨擾。」

少女吃驚地轉頭，一看見衛青的臉，更是驚訝得瞪大了眼睛。少女的年紀看起來約十五、六歲。

「聽說這裡有位代筆師傅？我想請他寫封信。」

少女毫無反應，只是看著衛青的臉發愣，衛青又說了一遍。

「啊，代筆的老爺爺？好、好……」少女終於像是聽懂了。

「你等一下，他在裡面，就在後頭而已。」

少女跳了起來，朝著屋內奔去，衛青趕緊跟上。屋子並不大，所謂的「後頭」也只是幾步路之遙。

「封爺爺，有代筆的客人！」

少女一邊以拉長的聲音大喊，一邊拉開一扇房門。

房間內相當狹窄，光是桌子及床鋪便已幾乎占據了整個空間，房間的另一頭有扇槅扇窗，光線自窗外透入，照亮了房內。一名老人獨自坐在桌前，那老人骨瘦如柴，雖然看起來頗有精神，但畢竟難掩蒼老感，稱不上矍鑠。

衛青默默將少女推向一旁，走進房內，站在老人的面前。老人向後縮了縮，以一臉驚恐的眼神仰望衛青。這老人就是衛青這陣子一直在尋找的人物。

「沒想到你竟然連假名也沒用，封一行。」

老人想要起身，衛青將他的肩膀按住，威脅道：「別施展巫術，以免罪上加罪。」封一邊呻吟，一邊重新坐了下來，他似乎原本膝蓋就不太好，此時痛苦地皺起了眉頭。少女不知所措地站在門口，衛青轉頭朝她說道：「我們是老朋友了，麻煩妳先出去，讓我們私下聊聊。」

少女猶豫了一下，最後還是點點頭。不過她轉身離開時，並沒有將門關上，或許是擔心如果關上門，封會有危險吧。沒想到這個少女還挺機靈。

衛青低頭看著封。沒想到封一行竟是這麼個弱不禁風的老人。此刻他臉上毫無血色，身體微微顫抖，令衛青不禁有些驚訝。將宵月送進後宮的人物，竟然是這樣的佝僂老者。

「封一行，關於你的底細，我們已查得一清二楚。你是前朝皇帝的御用巫術師，更是欒冰月的老師，對吧？」

封一行原本似乎想要辯解，但他最後還是有氣無力地點了點頭。衛青皺眉說道：

「為什麼你沒有逃出京師？就算躲在這種門可羅雀的青樓裡，也遲早會被發現，你心裡應該很清楚。」

封一臉沮喪地垂首說道：

「……老夫已經沒有逃走的體力。」

聲音沙啞，有如病懨懨的呻吟聲。

「既然如此，為什麼不主動投案？」

衛青哼了一聲，說道：「到頭來，終究是怕死？」

封聽到「死」字，縮了縮身子。衛青蹙眉說道：

「……我最討厭像你這種人。從頭到尾都躲在暗處，假裝沒自己的事情。你可知道魚泳已經死了？」

封抬起了頭，滿臉驚愕之色。

「並非遭到處刑，而是自我了斷。為了將宵月送進後宮一事，他一肩扛下了責任，可說是非常了不起。」

言下之意，自然是譏諷封一行的膽小畏事。封臉色鐵青地低下了頭。

「啊啊……魚泳……老夫對不起你……」

封以兩手摀住臉，哽咽了起來。衛青再度皺起眉頭。

「老夫……真的不知道……宵月潛入後宮是為了暗殺烏妃。要是知道的話，老夫絕對不會將他帶來京師。原本老夫已抱定了主意，此生不再踏入京師一步。」

「不再踏入京師？為什麼？」

「欒朝覆滅之際……老夫逃出了京師。老夫實在沒有臉面對欒家的宗廟……」

衛青恍然大悟。前朝對於巫術師非常信任重用，但是到了炎帝登基後，這些巫術師大多不是遭處死，就是遭逐出京師。

「為了保住自己的性命，對欒冰月見死不救？真是個貪生怕死之輩。」

衛青不屑地說道。而封一把眼淚一把鼻涕地哭了起來，衛青實在不明白，像這種人怎麼能當上皇帝的御用巫術師，而且還是欒冰月的老師。難道他的巫術真的有那麼高明？

衛青不耐煩地嘆了口氣。

「我很想立刻將你處死，可惜大家還有話要問你，只好把你帶回宮城。」

封全身一震，抬頭問道：

「要問我什麼話？」

「你所知道的一切。關於巫術的事，關於前朝的事，關於巫術師的職責……」

封眨了眨眼睛，眼淚和鼻水不停流下。衛青皺著眉頭，從懷裡掏出一條手帕，扔到封的膝蓋上。

「真是難看，快把臉擦一擦。」

封拿起手帕，抹去眼淚。「巫……巫術師……」擤了數次鼻子之後，封一行抬頭說道：

「巫術師之術，乃是自古以來代代相傳的奇術。巫術師不同於巫覡或神官，其起源可追溯至太古時期，其術乃是由神明所親授。雖然如今的巫術師已與路旁算命占卜之徒無異，但在古代卻是肩負起了侍奉君王、守護社稷的重責大任。」

封一行說得頭頭是道，語氣中充滿了自信，與剛剛那宛如槁木死灰般的態度截然不同。或許在他的心中，還殘留著從前侍奉皇帝時的威嚴吧。衛青只是默默聽著。

「巫術師之術源自於鼇神。鼇神誕生於遭切割後流放海中的大海龜之神，在古代受到朽朝祭祀……」

「等等，你這些話，到了大家面前再說吧。我先把你帶回宮城……」

衛青阻止封再說下去，伸手將他拉起，封一行一閉上嘴，登時又變回剛剛那暮氣沉沉的老人。衛青拉著他的手腕，他踉踉蹌蹌地起身，跟著衛青走向房門口。剛剛那廚房的少女憂心忡忡地站在門外窺望，少女的身旁多了一名中年婦人，看起來像是鴇母❹。

那鴇母一看就知道是妓女出身，臉上皮膚雖然鬆弛下垂，卻依然風韻猶存。她以一雙腫的眼睛看著衛青說道：

「他年紀這麼大了，你就高抬貴手吧，別太折磨他。」

鴇母的年紀雖然未入老境，聲音卻相當沙啞，若不是年輕時喝太多酒，就是唱太多歌。

「這個人是朝廷欽犯，妳們故意隱匿，也脫不了關係。」衛青厲聲說道。

封趕緊搖頭：「不，她們什麼也不知道……」

「我是不清楚這老爺爺犯了什麼罪，但這一帶幾乎每個人都有些不可告人的過去，誰能管得了那麼多？何況這老爺爺幫我們代筆寫信，幫了我們不少忙。」

鴇母一邊說，眼睛一邊朝著衛青上下打量，宛如是在品評商品一般。衛青惡狠狠地瞪了她一眼，她忽然將頭歪向一邊，連同頭上鬆垮垮的髮髻也跟著垂了下來。

「你是……雀兒？」

衛青霎時倒抽了一口涼氣。

「我就知道，果然是你。那種強硬又冷酷的性格，以及那張讓人忍不住多看一眼的俊美臉孔，真的跟你媽媽像同一個模子印出來的。打從你還是個孩子的時候，我就覺得你的臉美得不像話。」

鴇母滿臉懷舊之情，笑著說道：

「我記得你後來跑去當宦官了？從你媽媽過世到今天，已經過了這麼多年，你還記得我嗎？當年我跟你媽媽在同一個院子裡接客，我雖然只是個三流貨色，但也有一些固定的客人。說起來你媽媽的一生真是讓人鼻酸，明明是第一等名妓，卻被那種男人騙得團團轉。你媽媽為那男人生了孩子，沒想到他卻移情別戀，看上別的妓女，把你媽媽給拋棄了。像那種男人，真的壞到了骨子裡。」

鴇母一張嘴滔滔不絕地說著。衛青調勻呼吸，恢復了冷靜，便要邁步離開。

「對了，你知道嗎？那個男人移情別戀的妓女……好像叫鶲玉來著……那女人後來被砍頭了呢。到底是什麼罪名，我也不知道，只記得那天來了好多南衙的官兵，把她抓走了。不過是逮捕區區一個妓女，竟然出動了南衙的官兵，那天真的嚇死我了……鶲玉待的那間青樓，後來也被勒令停業了……」

衛青驟然停下腳步，轉頭望向鴇母。鴇母嚇得退了一步，說道：「怎……怎麼了？」

「……那個名叫鶲玉的妓女……有孩子嗎？」

「咦？應該沒有吧……不，等等……好像聽說有個孩子。不過很多妓女都有這樣的傳聞，也不知道是真是假……」

「……」

「當時我還聽說，那個男人要幫她贖身呢。到頭來，就跟你媽媽情況一模一樣。只要女人一懷孕，那個男人就會說要幫她贖身……啊，這麼說來，鶲玉應該也懷了那個男人的孩子。那個殺千刀的男人，到處讓妓女為他生孩子。你知道那男人後來怎麼了嗎？他被一個妓女拿刀子刺死了，這就叫現世報吧。」

鴇母發出了沙啞的笑聲。衛青不再說話，架著封一行走出了房間，幾名妓女躲在樓梯的陰暗處，不安地朝這裡探頭探腦。衛青走向後門，通過廚房後，來到了屋外，他所安排的馬車，就停在花街的街角處。當初安排馬車，果然是正確的決定，封一行的雙腿不良於行，要徒步將他帶回宮城恐怕不太容易。

衛青綁住封的雙手，讓他坐上馬車。馬車沿著大路，朝城門的方向前進，然而還沒抵達城門，竟然下起了大雨。車篷上不斷傳來雨滴拍打的激烈聲響，衛青坐在馬車內，從頭到尾不發一語，簡直像是將封當成了不存在。

衛青將封帶進了後宮內侍省其中一間房間裡，這房間原本只是倉庫，衛青派人打掃乾淨後，又搬進了一點簡單的家具。

「只要你乖乖回答問題，目前上頭暫時不會處罰你。但如果你試圖逃跑，我們會立刻將你處刑。」

衛青如此威脅完之後，便離開了內侍省。外頭的雨勢稍微減弱了一些，衛青將大衣罩在頭上，從後宮前往內廷，從大衣上滑落的雨滴，沾濕了他的臉。此刻周圍一片昏暗，不知道是太陽已下山，還是天空烏雲密布的關係。

衛青不知道自己為什麼會走到這個地方來。當回過神來，衛青發現自己已進入了杜鵑花與槲樹的樹林之中，這裡正是夜明宮外的樹林。雨水打在枝葉上，發出颯颯聲響，宛如初學者打鼓的聲音。

衛青倚靠著桷樹的樹幹，仰望遠方那漆黑的甍瓦。明明雨下得這麼大，鼻中卻隱約還殘留著妓女們化妝用的粉膏氣味——那氣味噁心至極。今天沒有遇到進出青樓的嫖客，可說是不幸中的大幸，到青樓買女人，甚至是買少年的嫖客所散發出的氣味，比粉膏的味道更加令人作嘔。從前的衛青，天真地以為只要當上宦官，就可以從此過著與性無關的生活，但實際當上宦官之後，衛青才明白原來宦官的性慾比一般人更加變態。明明已經捨棄了性別，為什麼還如此執著於肉慾？自從遇見了師父的那天晚上起，衛青嘗到了絕望的滋味。

師父那沾滿了汗水的手掌及濕滑的舌頭在自己身上蠕動的感覺，如今依然清楚地烙印在衛青的腦海裡——他忍不住吐了出來。雖然已經是超過十年之前的事情，那感覺依然在心中揮之不去。從那天晚上起，他的心便已死了，直到遇見高峻之後，才逐漸有了生氣。

衛青倚靠著樹幹，持續著淺促的呼吸，過了半晌之後，終於恢復了冷靜。而在寂靜無聲的的樹林中，身旁驀然響起的腳步聲，讓他警戒地抬起頭。

「……衛青？」

手持燭臺的壽雪，就站在他面前。此時雨已停了，昏暗的樹林裡再次瀰漫著一股悶熱的濕氣，衛青卻感覺自己的手指已經凍結。

「溫螢見汝神色有異，特來報吾。」

壽雪的身後不遠處，有一道人影微微動了一下，那多半是溫螢吧。他見衛青愣愣地站在這種地方，還一度嘔吐，當然會認為不對勁。衛青心裡暗想，為什麼他不過來詢問狀況，卻向壽雪回報？

——因為自己剛剛的神情，令他不敢貿然靠近？

難道自己所受到的打擊真的這麼大？這個打擊，並非因為從前當雛兒時的記憶重上心頭。衛青伸出手背，在嘴角上一抹，低頭望向壽雪，在燭臺燈火照耀下，少女那白皙的臉孔與自己毫無相似之處。

——難道兩人剛好都是像母親？

這樣詭異的想法浮上心頭，但衛青立即激烈地加以否定。兩人的母親都是妓女，父親是誰根本難以確認，更何況壽雪的母親也不見得就是那個鴇玉。

「……烏妃娘娘，妳還記得妳母親叫什麼名字嗎？我說的不是真正的名字，而是賣身時的花名。」

壽雪一臉狐疑地皺起眉頭，但還是坦白說道：

「吾但知母親名喚鴇玉，其他不知。」

「……父親呢？」

「一無所知。」

衛青閉上雙眼，嘆了口氣。

「何故問吾此事？」

「沒什麼……因為下大雨的關係，我走錯了路，失禮莫怪。」衛青轉身就走。

「且住。」壽雪將衛青叫住，遞出一條手帕。

「可以此巾拭臉。」

衛青驀然回想起自己剛剛朝著封一行扔出手帕的那一幕，心中突然一驚。

——難道自己也流淚了？

淚水滑過了自己的臉頰，自己竟渾然不知。衛青拉起大衣，幾乎遮住整張臉。

「……這只是雨水。」

雖然牽強，壽雪卻一句話也沒說，只是默默點頭。衛青接過手帕，抹了抹臉。

「天色已暗，汝可持此歸。」

壽雪將燭臺塞進衛青的手裡，便轉過了身，朝著夜明宮的方向邁步。衛青愣愣地看著她那身穿黑衣的背影。

——她跟大家一樣，什麼話也沒問。

衛青再次以手帕擦拭眼角。

——那又怎麼樣？

壽雪這個人本來就是這樣的個性，這是他早知道的事，就算兩人的父親相同，又代表什麼意義？

自己的主人是高峻。只要壽雪有可能對高峻造成威脅，她就是自己所厭惡防範的對象。

然而卻正是壽雪所給的燭臺，照亮了此時眼前陰暗的道路。

衛青愣愣地看著手帕，半晌後將其塞進了懷中。

黃昏寶珠

祈福結束之後，白雷在宅邸主人的邀約下，陪著主人喝起了茶。像這樣陪庇護者喝茶聊天，雖然乍看之下沒有什麼大不了，卻是教主的重要工作之一。

屋簷下方掛著簾子，室內頗為陰暗。白雷的面前除了茶之外，還有好幾碗容器，裡頭放著蒸蜜餅、煮豆子之類的點心。

「如果還有什麼想吃的，請儘管開口。」

「已經十分足夠了。」

白雷客氣地婉拒。

「自從請你祈福之後，我的腳好了很多，真是謝謝你。」

宅邸主人撫摸著膝蓋，露出高傲的笑容。

「那真是太好了。」

「能夠遇見你，實在是三生有幸。這不僅是我的福氣，也是沙那賣家的福氣。在你的建議下赴京的絹商，聽說也很順利，已經能夠進出宰相府，對方也託我向你道謝呢。」

宅邸主人的臉上帶著爽朗的笑容，說得輕描淡寫，好像這只是微不足道的小事。但這絕對不是什麼小事，所謂的宰相，指的就是雲永德。

「是嗎？」

白雷微微眯起了眼睛。

「你的建議從來沒有出錯過，真是太了不起了。」

「能夠幫得上忙，是我的榮幸。」

白雷低頭鞠躬，內心不禁感慨，皇帝實在應該立刻將雲永德殺掉才對。當今皇帝能夠順利即位，雲永德可說是最大的功臣。但是當時過境遷之後，這些功臣都應該要立刻排除，如果任由他們坐大，未來將成為最大的阻礙者。

「這件事只要能成功，我多年的心願……不，整個沙那賣家族的宿願就能實現。」

沙那賣家族之長低聲呢喃。

「近來不知為何，永德變得毫無動靜。」

高峻看著蓮池，靜靜地說道。

「是啊……」站在後方一步之遙的明允應道。

「朕正想跟他談一談呢。」

高峻凝視著蓮花的花苞。那圓鼓鼓的白色花苞，看起來像是合攏的雙手。

——該怎麼開口才好呢？

只要說錯一句話，就會導致人心叛離。

高峻看著蓮花沉吟半晌，驀然轉頭對明允說道：

「你去安排，朕要與雲行德密會。」

永德的兒子行德目前擔任尚書省禮部侍郎一職。

「還有之季，朕有幾句話想要對他說。」

「臣遵旨。」明允行了一禮，完全沒有問理由。

壽雪愣愣地看著槅扇窗外。面對外廊的門窗都已開啟，卻一點風也沒有，房間裡依然悶熱非常。

「娘娘……娘娘？」

壽雪吃了一驚，回過頭來。溫螢正以一對美麗的鳳眼凝視著自己，眼神中流露出擔憂之色，那雙眸是如此靜謐而清澈，有如隱藏在森林深處的清泉。

「輪到娘娘了……不過娘娘的臉色不太好，是不是該休息一下？」

兩人之間擺著一座棋盤，壽雪這才想起，自己正在跟溫螢弈棋。壽雪望著盤面，不禁嘆了口氣，將棋子放回盒中。

「嗯……吾興致已失，今日便到此為止。」

「好的。」

「是不是因為娘娘覺得贏不了？」

九九在旁邊說道。壽雪瞪了她一眼。

「何小覷吾？此局尚有逆轉之機。」

當然壽雪這句話只是逞強而已。到頭來，完全是因為她無法集中精神。每當回想起前幾天自己對高峻及之季所抱持的感受，心情就變得一團亂，完全無法思考。

九九與溫螢見壽雪嘆了一口氣，不由得面面相覷。

「娘娘，您看起來沒什麼精神呢。但又不像是有什麼煩惱……是因為天候的關係嗎？」

九九望向門外的天空。今天雖然也是陰天，但看起來不像馬上要下雨，只像是整片天空被一層薄膜覆蓋著。

「今天看起來似乎不會下雨，娘娘不如到外頭散散心如何？昨天鶴妃娘娘不也派人來邀您往泊鶴宮一遊嗎？」

「……鶴妃……」

那個丫頭實在讓人捉摸不透。她經常派人前來邀約，是否有什麼特別的意圖？難道真的只是想與自己交朋友？

「……此事或須一探究竟。」

壽雪一邊咕噥，一邊站了起來。

「您決定出門了？」九九興奮地問道。

「無須盛飾嚴裝。」

壽雪雖然事先提醒，但九九多半聽不進去吧。

「下官叫淡海先往泊鶴宮通報。」

溫螢說完便走出了殿舍。壽雪心想，淡海想必又要抱怨連連了吧。

九九挑了一件榴紅色的薄絹衫襦，以及一件緋紅色的裙子。衫襦上頭有著金絲刺繡，裙子則印染著花鳥圖紋。

「站在泊鶴宮的梔子花庭院裡，一定很美。」九九說道。鮮豔的紅色，與壽雪那白皙剔透的肌膚互相輝映。而在腰帶上懸吊著的，正是高峻所送的魚形木雕佩飾。

「髮飾就用……」

眼見九九正要拿起那枚象牙篦櫛，壽雪立即阻止：「勿用此篦櫛。」那篦櫛也是高峻所贈之物，上頭有著鳥雀及波濤圖紋。

「看起來很適合呢。」

「倘若遺失，汝之奈何？」

九九看了看篦櫛，又看了看壽雪，忽然嘻嘻一笑，說道：

「是啊，這可是陛下送的寶貝，可千萬不能遺失了。」

「誰人所送，並不相干。篦櫛較髮簪易鬆落，泊鶴宮離此頗遠，倘若遺於途中……」

「沒錯、沒錯，娘娘的顧慮極是。看來我們還是用這支髮簪吧。」

九九笑著為壽雪插上金簪。壽雪擔心越描越黑，只好默不作聲。

✿

前往泊鶴宮通報的淡海，回來時身邊竟帶了一名泊鶴宮的侍女，正是紀泉女。

「我特地前來迎接娘娘。」

「何須迎接？」壽雪皺著眉頭說道。

泉女笑著回答：「鶴妃娘娘開心得不得了，直說一定要派人過來迎接，免得烏妃娘娘突然又改變心意了。」

真是小題大作。壽雪心裡暗想。

泉女似乎看穿了壽雪的心思，接著又說道：「鶴妃娘娘好盼望能跟烏妃娘娘說話，像個孩子一樣每天都在期待著。自從鶴妃娘娘離開了賀州，進入宮內，每天都只能面對相同的侍女，尤其娘娘跟其他妃嬪也因為年紀差太多，沒有辦法結交朋友……」

「原來如此。」壽雪點了點頭，心裡暗想，或許鶴妃在宮裡感覺日子過得很無趣吧。驀然間，壽雪發現泉女的腰帶上掛著一枚佩飾，從前慣於佩戴的白珊瑚佩飾，如今已不復出現，此時泉女腰帶上掛的是一枚魚形佩飾，與壽雪腰帶上的佩飾頗為相似。

「娘娘，您在看這個嗎？」泉女察覺壽雪的視線，拿起了自己的佩飾，臉上露出靦腆的笑容。

「說起來對娘娘很失禮，其實我這個佩飾，是模仿娘娘的佩飾所製作的。」

「仿吾佩飾？卻是何故？」

「我已經不再信八真教了，」泉女說道。她遭八真教下咒，不再信仰也是理所當然。

「是烏妃娘娘救了我，所以製作了跟烏妃娘娘的佩飾相仿之物，當作護符掛在身上……」

「此物豈有護符之效？」

「只是聊表心意而已。這佩飾證明了我對娘娘的仰慕之心。」

壽雪聽了不禁莞爾，也不知該不該高興。

於是壽雪帶著侍女九九及護衛溫螢、淡海，前往了泊鶴宮。在泉女的帶領下，一行人跨入院門，迎面便看見大量的梔子花。不遠處，鶴妃晚霞帶著侍女們早已等在那裡，壽雪察覺那些侍女們的視線不是望向自己的左邊，就是望向自己的右邊。她們眼中留意到的，是自己身後的溫螢及淡海，顯然兩名外貌俊美、英姿颯爽的護衛已吸引了眾侍女的目光。

「歡迎妳的到來，我好開心。」

晚霞那一雙烏黑的大眼睛閃爍著興奮的神采，確實就像個天真無邪的少女。

「妳跟我的年紀最近，果然不像那些年紀比我大的妃嬪那般那麼難親近。」

晚霞的心情看起來比上次見面時更加雀躍，她將壽雪帶進殿舍內的房間，隨即各自坐下。外廊的另一側就是庭院，可以將景色看得一清二楚，此時房間內的門扉全部敞開，外頭不斷地飄入梔子花的強烈香氣。壽雪不禁心想，看來她應該很喜歡梔子花的味道吧。

「其實我根本不想進後宮。離鄉背井讓我覺得很不安，而且又不知道陛下是什麼樣的人……但是爹非要我進後宮不可……」

晚霞一邊喝著侍女端上來的茶，一邊毫不掩飾地說道。

「幸好陛下是個很好相處的人，讓我鬆了口氣。要是像我家最上面的哥哥那樣高傲又討人厭，可真不知道該怎麼辦才好，或是像比我大一點的那個哥哥那樣壞心眼，那也很糟糕。我原本心想如果能夠像叔公那樣慈祥就好了……但若真的像叔公那樣，那不就是個老人嗎？要是年紀這麼大，可也不太妙，對吧？幸好陛下雖年紀比我大，但還算是個年輕人。」

晚霞是個很饒舌的女孩。壽雪一邊嚼著煮蜜桃，一邊默默聽著。

「桃子好吃嗎？我故鄉的桃子比這裡的桃子小一些，而且很酸，所以必須加入蜜糖煮了才能吃。這裡的桃子就算直接吃，味道也很甜。」

「十分美味。」壽雪回應。

晚霞喜孜孜地說道：「那就好。要煮這桃子，除了蜜糖之外，還要加入丁香，得要趁著桃子還很硬的時候……」

「汝有事煩心？」

「咦？」

晚霞聽到這句話，臉上的笑容登時僵住了。

「吾見汝心不在焉，料汝必有心事，但強顏歡笑耳。」

「……哎呀！」

晚霞摸著自己的臉頰說道：「竟然被妳看穿了，妳的眼力真好。」

「並無過人之處。」

壽雪又塞了一口蜜桃進嘴裡，接著問道：

「皇帝之事？故鄉之事？」

晚霞剛剛的話題裡提到了高峻及故鄉，因此壽雪如此猜測。

「都不是……啊，不過確實跟故鄉有點關係……」

晚霞轉頭望向遠方，愣愣地說道：

「妳願意聽我說嗎？明知道沒有辦法解決，但我就是無法克制自己不去煩惱。妳願意聽我說一說嗎？」

此時的晚霞看起來是如此無助，宛如是個無家可歸的孩子。

晚霞讓所有侍女們退下後，邀請壽雪到庭院賞花，壽雪於是把九九留在房間裡，跟著她進入了庭院。整座庭院裡滿是梔子，散發出甜膩刺鼻的香氣，儘管許多花瓣都已被雨水打落在地，香味卻不減反增。

「我們這一族，有一件代代相傳的傳家寶。」

晚霞緩緩走在群花之間，開口說道。

「傳家寶？」

「沒錯，叫做『黃昏寶珠』。」

「黃昏寶珠……」壽雪重複唸了一遍。

「那是一顆帶有很多顏色的寶珠。橙色、淡紅色、薔薇色、紫堇色……看起來就像黃昏時的天空。雖然很美，但也很可怕……」

「可怕？何言可怕？」

晚霞停下腳步，轉頭說道：

「因為受到了詛咒。」

壽雪不由得瞪大了眼睛。詛咒……？

「我們這一族出身於卡卡密，妳知道這件事嗎？」

晚霞一邊玩弄著梔子花的花瓣，一邊轉移了話題。

「知之。」

「那妳知道我們這一族離開卡卡密的理由嗎？」

壽雪搖頭說道：「願聞其詳。」

晚霞朝壽雪瞥了一眼，說道：「因為我們的祖先殺了神。」

——殺了神……？

壽雪默默等著晚霞繼續說下去。

「我們的祖先還住在卡卡密的時候，當地人祭祀著一位神明。那是當地的土地及豐饒之神，但我們的祖先起了貪念，希望將那位神明占為己有。於是便與那位神明談條件，祖先將自己的么女獻給神明當妻子，但神明必須成為我們這一族的守護神。」

「……么女……」

晚霞不也是么女嗎……？

「神明也同意了，於是祖先就把么女嫁給了神明，舉辦婚禮後，便把么女送進了神明所住的洞窟裡……沒想到……」

晚霞忽然將一片梔子花的花瓣扯斷了。

「洞窟裡竟然傳出了神明的慘叫聲。身穿嫁娘禮服的人，竟然只是打扮成了么女模樣的隨從，那個隨從取出暗藏的刀子，將神明殺死了，打從一開始，沙那賣族的領袖就不打算把么女嫁給神明。他真正想要的，是神明所擁有的一顆寶珠，這顆寶珠可以操控天氣，不管是要每天下雨，還是要發生旱災，都可以任意決定。這顆寶珠就藏在神明的肚子裡，隨從以刀子將神明的肚子剖開，真的取出了寶珠……據說那神明是一隻巨大的蛤蟆。」

晚霞將扯下來的花瓣扔在地上，轉頭看著壽雪。她臉上的表情相當古怪，既不像是在笑，又不像是悲傷難過。

「這顆寶珠就是『黃昏寶珠』。沙那賣一族想要靠著這顆寶珠操控整個國家，但殺害神明的行為引發眾怒，沙那賣一族從此遭到排擠，非但沒有辦法操控國家，而且還沒有辦法在卡卡密繼續生活下去。沙那賣一族在各地都遭到驅逐，因為殺害神明的罪名而遭到輕賤，最後只好遠渡重洋，逃往遙遠的異國……」

這就是沙那賣一族來到霄國的理由。晚霞以一對烏黑的眼珠凝視壽雪，忽然漾起微笑。

「接下來才是重點……殺死神明之後不久，祖先的么女就發起了不明原因的高燒，年僅十五歲就病死了，祖先的長男繼承了家門，他的么女也在十五歲時因發高燒而死。從此之後，只要是沙那賣家家門繼承人的么女，必定會在十五歲時早夭。大家都說這是詛咒，因為詛騙、弒殺了神，所以遭到了詛咒。曾經有沙那賣家的當家企圖把寶珠毀掉，但不管是再孔武有力的壯漢，還是再高明的巫術師，都無法將寶珠摧毀，後來又有人主張既然毀不掉，乾脆丟掉它。但不管是扔在山上，還是拋進海裡，寶珠過陣子又會自己回到沙那賣家，不管怎麼做，詛咒都不會消失。久而久之，大家也放棄了。」

晚霞說到這裡，嘆了一口氣。壽雪正要開口，晚霞卻又接著說道：

「我十二歲時，爹把這件事告訴了我，還讓我看了『黃昏寶珠』。那顆寶珠真的很美，但是真的很可怕，充滿了惡意……那美麗的顏色，猶如吸飽了世人的痛苦與悲傷……」

晚霞瞇起雙眼，似乎在回想著那段往事。

壽雪望著她的側臉，說道：

「……如今汝應年過十五？」

晚霞聽到這句話，臉頰微微抖了一下。

「我今年十七歲了。」

那語氣聽起來像是某種古怪的鳥叫聲。

「沙那賣么女都死於十五歲，從不曾有例外。妳知道我為什麼如今還能活著？」

壽雪沒有回答，只是皺起了眉頭。

「有一天，沙那賣家的當家想到了一個辦法。他不僅想到了這個異想天開的辦法，而且還付諸行動。」

晚霞輕輕笑了起來。那笑容中帶著一絲輕蔑。

「他在么女出生後，又領養了一個女兒，那個女孩原本是個婢女，沙那賣家的當家領養了她，當作自己的么女。他想要測試看看，那詛咒的對象是否必須要與沙那賣家有血緣關係，抑或，只要是沙那賣家名義上的么女就行了……既然我還活著，可想而知這場測試的結果是什麼。真正的么女過了十五歲還沒死，養女在十五歲時夭折了，從此之後，沙那賣家便規定，必須在么女到達十五歲之前領養一個女兒，讓那個養女代替女兒去死。」

晚霞說完了這些話，望著壽雪說道：

「對於這樣的規定，妳有什麼想法？」

壽雪凝視著晚霞的雙眸。那瞳孔中流露出無盡的悲傷。

「……汝能存活，亦因養女代死……」

「沒錯。」

晚霞臉上的痛苦與悲傷之色更濃了。

「而且……這是我自己的選擇……」

「……自己的選擇？」

「在我十三歲那年，爹收了一個養女。那女孩似乎是個孤兒，原本不知道在哪裡當婢女，年紀比我小一歲，在來到我家之前，那女孩並沒有名字，所以我把她取名叫小嬋。小嬋是個相當瘦弱的孩子，外表看起來比實際的年齡還小，平常總是畏畏縮縮，看起來像一條不斷發抖的小狗。」

晚霞微微揚起了嘴角。那微彎的嘴唇，不知為何看起來竟像是裂開的傷口。

「小嬋真的很惹人憐愛，就像一個瘦弱的妹妹，我真的很喜歡她。給了她好多美味的食物，經常陪她玩耍，她是我最重要的妹妹……」

晚霞低下了頭。

「所以我央求爹，救小嬋一命。我不希望她死……雖然爹平常是個很嚴格的人，但我相信只要苦苦哀求，爹最後一定會答應的……」

「汝父允汝之求？」

晚霞搖了搖頭。只見她神色僵硬，身體微微顫抖。

「爹對我說……只要把小嬋送走，她就不會死，但這麼一來，死的人就是我……」

壽雪倒抽了一口涼氣。

「爹對我說，『這是理所當然的事。不希望小嬋死，卻要推其他的婢女去死，天底下沒這個道理。如果妳不希望小嬋死，就只能代替她死』……我聽到爹這麼說，只好做出了決定……我要活下去……」

晚霞低聲呢喃。

「小嬋真的在十五歲那年，發高燒死了。而我……直到現在都沒有生過病。」

晚霞的聲音是如此沙啞。壽雪這才恍然大悟。

——這女孩如今就像一副空殼。

彷彿只要輕輕一碰，就會裂成碎片。

「汝無害人之心，此非汝之過。」

這是祖先的過錯。是詛咒的過錯。是……父親的過錯。

晚霞看著壽雪，臉上露出微笑。

「沙那賣家沒有將『黃昏寶珠』丟棄，除了無法丟棄之外，其實還有一個理由，妳知道那個理由是什麼嗎？」

晚霞突然改變了話題。壽雪狐疑地說道：「……不知。」

「沙那賣家有一個宿願。為了實現這個宿願，這顆神之寶珠必須留著。」

「宿願？」

「那就是返回卡卡密，而且成為卡卡密的國主……聽起來很荒唐，對吧？」

晚霞笑了笑，接著說道：

「全部說出來之後，我感覺心情舒暢多了。真的很謝謝妳，過去我從來不曾對任何人說過這些。」

晚霞吁了口氣，伸了個懶腰。壽雪不禁心想，難道她是為了找人說出這些，才三天兩頭邀約自己來泊鶴宮？

晚霞將一朵梔子花連枝帶花折了下來，插在壽雪的頭髮上。

「好漂亮，梔子花比牡丹花更適合妳呢。」

晚霞瞇起眼睛看著壽雪，露出心滿意足的微笑，接著轉過了身。

「要不要再回去喝茶？接下來我們聊點開心的話題吧。」

晚霞踏著輕快的步伐走回了房間。

這一天，高峻難得在天還沒黑的時候便來到了夜明宮。

「朕今天有點忙，沒辦法久留，只是來看一看妳。」

高峻並沒有坐下，只是對著壽雪淡淡道出了這句話。

「既國政繁忙，何必來此？」

壽雪有些哭笑不得地說道。高峻沒有多說什麼，只是默默凝視著壽雪。

「……何故如此覷吾？」

「既然妳看起來很有精神，朕就放心了。」

壽雪一陣愕然，不明白高峻為什麼這麼說。高峻也沒有解釋，轉身走出門外。

壽雪見高峻走了出去，趕緊起身追上。走出房門的時候，星星忽然開始喧譟，而她並沒有理會。

「高峻！」

高峻見壽雪從後面追來，顯得有些驚訝。

「……妳有話想要對朕說？」

「非也，但送汝出夜明宮。」

「……特地送朕出宮？」

「然也。」

壽雪也不明白自己為何會這麼做。

高峻於是配合壽雪，放慢了步伐。衛青轉頭朝她瞥了一眼，卻沒有面露慍色，只是將頭又轉回前方。

壽雪想要把晚霞的事告訴高峻，但一來短時間內說不清楚，二來這也不是什麼必須急著告知的事情。高峻似乎也抱著相同的想法，對壽雪說道：「朕有些話想對妳說，但要花些時間，還是下次再說吧。」

「今日無暇詳述？」

「沒有時間。」

兩人有一搭沒一搭地說著沒什麼意義的對話，一面進入了樹林裡。這座樹林周圍一帶枝葉茂盛，陽光透不進來，明明如此陰暗幽森，卻與外頭同樣悶熱。

兩人就這麼默默穿過了樹林，而後壽雪在森林邊緣處停下了腳步，高峻也轉頭說道：

「朕過幾天再來。」

無事莫來……如果是從前的壽雪，一定會這麼說吧。

但如今壽雪只是應了一聲，便目送高峻離去，接著獨自在樹林裡邁步而行，或許是烏雲蔽日的關係，周圍變得更加陰暗了。

不知何處傳來了星烏的鳴叫聲。

高峻自後宮回到內廷，直接前往了弧矢宮，並下令宣召之季。

弧矢宮的位置在內廷的偏僻角落，殿舍規模不大，且風貌與其他殿舍頗不相同，不僅外觀相當樸素無華，梁柱甚至沒有塗上丹漆，裝飾其上的瓦片是老人騎著大龜的造型，屋簷下方懸吊著一盞盞鑄鐵燈籠。走進殿舍內，沿著牆邊擺了一整排的銅板旌旗，每當有人通過旌旗旁，銅板就會微微搖擺，發出窸窣聲響，就連高峻也不知道如此布置的用意。而鋪設於地面的石頭地板上，有以金泥刻劃出的星斗。

殿舍中央除了一面屏風、一張榻及一張小几之外，沒有任何擺設，而之季就跪伏在榻的旁邊。高峻在榻上坐了下來，命令之季抬頭。

「……朕要你去一個地方。」高峻低聲說道。

之季轉頭面對高峻，點頭應答：「請陛下吩咐。」

「東鱗坊的某間宅邸，就在明允的寓所附近。」

之季吃了一驚，說道：「陛下，您是要……」

「朕會從北衙派護衛給你。」

北衙是宮城的禁軍。雲家的宅邸，就在東鱗坊一帶。

「朕要你去見永德。你就說是朕指使你去的，他非見你不可。」

見了雲永德之後，要說些什麼話？之季並沒有主動提問，只是靜靜地等著。高峻將身體湊向跪在地上的之季。

從小到大的恩師雲永德的面容，在高峻的心中一閃即逝。

在夜色漸濃之際，夜明宮忽然變得頗為吵鬧。首先是星星開始喧譟。壽雪尚未感覺到有來客，門外的遠處已傳來了類似慘叫的呼喊聲。

「烏妃娘娘！烏妃娘娘！請救救命！」

那是泉女的聲音，光是聽聲音，就知道她有多麼驚惶失措。壽雪趕緊開門，泉女撲進了門內。「烏妃娘娘……！」

泉女是不習慣奔跑的侍女，此刻卻似乎是毫不停留地從泊鶴宮跑到了這裡。九九見她氣喘吁吁地倒在地上，趕緊到廚房倒水，壽雪則奔到泉女的身邊，將她攙扶了起來。泉女不停咳嗽，兩人輕撫她的背，餵她喝下水，等待她調勻呼吸。

「發生何事？」

壽雪等泉女恢復了平靜後問道。

「晚霞小姐……鶴妃娘娘她……忽然昏倒了……」

「昏倒？罹患何疾？」

「不清楚……只知道她發起了高燒，看起來很痛苦！」

——高燒！

白天晚霞所說的那番話，驀然湧上心頭。

「已經先叫了御醫……但在晚霞小姐昏厥的前一刻，發生了一件不尋常的事……」

「不尋常……？」

「今天傍晚，我們收到了沙那賣家寄來的包裹……這是很常有的事情，晚霞小姐的老家經常寄來一些綾羅綢緞、珠寶首飾什麼的，這一次寄來的，也是幾件首飾。但是其中有一件首飾不太對勁，那是一枚手鐲，晚霞小姐一戴上，忽然就昏倒了。」

「……鐲上有毒？」

泉女搖頭說道：

「我們剛開始也這麼懷疑，所以趕緊取下手鐲，仔細檢查過了。」

但是手鐲完全沒有遭人塗上毒藥或暗藏毒藥的痕跡。

「過了一會兒，晚霞小姐就開始發高燒……烏妃娘娘，現在該怎麼辦才好？」

壽雪聽了泉女這麼問，自己也有些手足無措。

「吾非御醫，實無能為力……」

「有沒有什麼辦法可以救救晚霞小姐？祈福或是什麼的……不管怎麼樣，能不能請您過來看一看？」

壽雪不禁有些拿不定主意。就算看了，大概也幫不上什麼忙……但有一點令她感到無法釋懷，那就是晚霞的症狀為發高燒，這與沙那賣家的詛咒症狀相符。

「……吾能為之事尚不能明言……」

壽雪起身說道：「總之吾先往一觀，再行定奪。」

「謝謝娘娘！」

泉女拜倒在地，簡直像在祈求神明顯靈一般，讓壽雪感覺到渾身不自在。而後她帶著溫螢及淡海，急忙趕往泊鶴宮。

一到泊鶴宮，壽雪才跨進門內，登時便感覺到整個宮裡的人都急得像熱鍋上的螞蟻。宦官及宮女們在走廊上匆忙奔走，侍女們也不停進出晚霞的房間。一踏進房中，便看見晚霞躺在床上，只見她滿臉漲紅，眼神呆滯，不停地痛苦呻吟。

「御醫剛剛離開了……開了些解熱的藥湯，但娘娘完全沒辦法喝。」

在床邊照顧晚霞的中年侍女說道。她就是晚霞的眾侍女中資歷最長的吉鹿女，連她也嚇得臉色蒼白，雖然努力想要保持冷靜，身體卻依然直打哆嗦。

「手鐲何在？」

壽雪問道。一名侍女從矮桌上捧了一只盒子過來，盒內放著一枚金手鐲。

——金手鐲？晚霞明明喜歡銀製品，老家怎麼會送金飾來？

壽雪拿起盒子，仔細觀察那手鐲，不由得皺起眉頭。

——這是……

壽雪一看就知道，這個東西有問題。就跟泉女那時候一樣。

「……此乃詛咒。」

房間裡的所有侍女都倒抽了一口涼氣，有的還發出細微的尖叫聲。

「詛……詛咒是什麼意思？烏妃娘娘！」

鹿女又驚又恐地問道。

「此金鐲已遭人下咒……此物乃自沙那賣家送來？」

「是的……啊，但是……這本來不是要給晚霞小姐的東西……」

「咦？」

「不久前晚霞小姐寫了封信給老爺，說想跟一位年齡相近的妃子交朋友……老爺送這樣東西來，應該是給晚霞小姐當作贈禮之用……」

「此話當真？年齡相近的妃子……？那便是……」

「就是烏妃娘娘您呀。」

壽雪低頭望向手鐲。

「此物實為餽贈與吾？」

所以不是銀手鐲，而是金手鐲。

「是的……但是晚霞小姐看到這手鐲，直說它不夠可愛，不適合烏妃娘娘……於是晚霞小姐決定把她自己的簪子送給烏妃娘娘，把這手鐲留下來自己戴……」

「晚霞取了本應贈吾之物？」

鹿女點了點頭。

——原本應該受到詛咒的人是自己。

這是以奪命為目的的詛咒。是誰想要殺死自己？為了什麼？

壽雪再次查看那金鐲。金鐲的表面鑲嵌了一顆乳白色的美玉，玉石的周圍有著一些極精細的雕刻。她心中一凜，仔細觀察那雕刻的形狀。

那雕刻的形狀，是一隻蛤蟆環抱著玉石。

——蛤蟆。遭沙那賣家祖先殺死的神明。

壽雪將放置手鐲的盒子內層的墊布撕開，木盒的盒底果然貼著一張咒符。壽雪清楚記得這個筆跡，雖然符字跟一般的文字頗不相同，但同樣能從筆順、墨水的飛白及勾捺的特徵看出個人風格，這張咒符上頭的筆跡，與當初詛咒泉女的咒符如出一轍。

晚霞似乎在呢喃著什麼，壽雪於是將耳朵湊了過去。

「……一定是……白雷……」

「白雷？此詛咒乃白雷所為？」

晚霞微微點頭。

「我……好討厭……那個人……」

她維持著急促的呼吸，同時擠出聲音。

「慫恿……爹……」

有幾句話難以分辨，聽起來像是囈語。

白雷是八真教的教主，但他為什麼要詛咒自己？

——難道……對泉女下的詛咒其實也是……

白雷對泉女下咒，或許真正的用意與泉女無關，只是為了測試烏妃的實力，或是捉弄一下烏妃。

「烏妃娘娘，現在該怎麼辦才好？」

鹿女憂心忡忡地問道。

「……吾當破此咒。」

侍女們之間登時響起了一片如釋重負的輕吁聲與讚嘆聲。壽雪命令所有人退出門外，等到房間裡只剩自己及晚霞兩人後，才將手鐲及盒子放在矮桌上，目不轉睛地看著。

——這是蛤蟆咒法。

壽雪過去曾聽過類似這樣的咒，這是巫術師所擅長的手法之一。不同的巫術師，使用的毒物也不相同，除了蛤蟆之外，還可能是蛇或毒蟲。這枚手鐲上頭除了蛤蟆的雕刻之外，還有一顆略帶灰色的乳白色玉石。這其實不是玉，而是一種稱作蟆石的東西，據說採集自蛤蟆的頭部。

傳說「銀主月，金主陽」，銀子是由月光凝聚而成，金子是由陽光凝聚而成。烏漣娘娘是夜遊神，司掌夜晚，最害怕陽光。或許正是因為如此，白雷才會選擇金飾作為咒術材料。

壽雪朝晚霞瞥了一眼。只見她臉色通紅，額頭及頸上全是汗水，呼吸淺而急促。壽雪拿起毛巾，為其擦了汗。晚霞微微睜開雙眸，分明看著壽雪，眼中卻彷彿什麼也沒有映出。

「烏妃……」她以沙啞的聲音如此呢喃。

「汝且寬心，吾必破此咒。」

壽雪只說了這麼一句話。晚霞雙眉微蹙，隨即又閉上了眼睛，也不知道她聽見了沒有。

壽雪從髮髻上摘下了牡丹花，管他是蛤蟆也好，蛇也罷，像這樣的咒法，只要將咒具毀掉就行了。牡丹花幻化成了淡紅色的煙霧，繚繞在壽雪的周圍，她以手指撩撥那煙霧，勾勒出一根箭矢的形狀，接著抓起箭矢，看準了手鐲上的蟆石後，奮力揮落。

「！」

照理來說，蟆石受到這一擊，應該會裂成碎片才對。沒想到箭矢碰觸到蟆石的瞬間，竟然變回了搖曳的煙霧，被吸入了蟆石之中。

「……咦……？」

——這情況與當初對抗梟的時候有幾分相似。

這是怎麼回事？壽雪猛然想起了梟曾說過的話。

——同族相鬥，沒有任何意義。真要分出高下，除非使用「烏部」。

當初梟是這麼說的。

壽雪凝視著那金鐲。當初破解泉女的詛咒沒有任何問題，如今為何無法破解此咒？

——蛤蟆咒法……蛤蟆……詛咒沙那賣家的神……

「……神之力……？」

沙那賣家雖然受到詛咒，卻也擁有蘊含神力的寶珠。

——他們可以加以利用。

壽雪瞪了那金鐲一眼，迅速抬起頭來，奔向槅扇窗。打開窗槅，外頭是一片濃濃的夜色，天空中布滿了星辰。

夜明宮位在哪個方向呢？壽雪抬頭左右張望。但不管哪個方向都一樣，總之先試著召喚看看吧，正如同當初梟的做法。

「……斯馬盧！」

壽雪的尖銳呼喚聲劃破了夜空，經過令人煎熬的等待之後，天空中傳來了回應。振翅聲以及沙啞的鳴叫聲，在靜謐的夜空中迴盪。漆黑的夜色中出現了一粒白點，依稀可見褐色的翅膀。壽雪伸出手腕，只見那星烏在空中快速鼓動了幾次雙翅，最後降落在她的手腕上，利爪刺得手腕隱隱生疼，壽雪不禁皺起了眉頭，但現下可不是抱怨的時候。

「斯馬盧！借汝羽毛一用！」

星烏又叫了一聲，似乎是同意了。壽雪於是從斯馬盧的翅膀上取下一根羽毛，接著一甩手腕，星烏便揚長而去。羽毛幻化成了一把雙刃之劍，劍身閃耀著褐色光澤，上頭有著星辰般的斑點。壽雪抓著劍柄朝空中試揮，劍身發出了破空之聲。

於是壽雪來到矮桌前，看準了金鐲，將劍高高舉起，使出渾身的力氣揮落。

劍身發出了碰撞硬物的聲響，她感覺到一股強大的力量將手臂往回彈。那蟆石開始冒出了灰褐色的煙霧，煙霧環繞在金鐲的周圍，宛如在保護著金鐲一般。壽雪踏穩了腳步，以更大的力氣將劍身往下壓。驀然間，一股類似薄膜破裂的感覺自劍身傳向手掌，接著不知何處傳來水花飛濺的聲音，以及令人極不舒服的刺耳鳴叫聲。那鳴叫聲拖得很長，但聲音越來越小，最後終於完全消失。

壽雪低頭一看，煙霧已然消散，蟆石碎裂，金鐲斷成了兩截。接著那金鐲竟逐漸碎裂，最後化成了一堆灰燼，完全看不出原本的形狀。

周圍歸於一片寂靜。

壽雪這才長吁了一口氣，下一刻，房間外傳來了敲門聲。

「烏妃娘娘……請問剛剛的聲音是……？」

鹿女在門外問道。

「可進房矣。」壽雪說道。侍門扉開啟，侍女們一個個戰戰兢兢地走進房內。鹿女立刻奔向躺在床上的晚霞。

「燒退了……！」

鹿女摸著晚霞的額頭，吃驚地說道。晚霞的臉色已恢復正常，呼吸也變得規律，正安穩地睡著。

「烏妃娘娘！」

侍女們全都在壽雪面前跪了下來，像膜拜神明一樣拜伏在地。

「真的太謝謝您了！烏妃娘娘……！」

「快起，此咒本為殺吾而來。」

壽雪見了侍女們的模樣，不由得退了兩步。自己並不是神，卻被當成了神一般膜拜，這讓她感到相當困擾。

「不……如果沒有烏妃娘娘出手相助，我們可真不知道該如何是好！」

或許是終於從擔憂中解放的關係，鹿女竟流下了淚水。其他侍女有的抽抽噎噎地哭了起來，有的彼此溫言安慰，房間裡亂成一團。壽雪趁機離開了房間，溫螢與淡海正等在門外。

「娘娘，您還好嗎？」

溫螢問道。

「無事。」

壽雪一邊回答，一邊邁步而行。此時壽雪感到疲累至極，走出院門的時候，腳下突然一個踉蹌。幸好溫螢及淡海同時自兩側伸手攙扶，才沒有摔倒。

「我來揹娘娘吧。」

溫螢轉身蹲了下來。如果是平常的話，壽雪一定會拒絕，但此時她似乎連開口說話也有些吃力，只好默默地將身體靠在溫螢的背上。

——為什麼八真教主白雷想要咒殺自己？

回想起來，當初梟雖然想要殺死自己，但確實不帶有任何恨意，他是基於逼不得已的理由，不得不將自己殺死。

相較之下，剛剛的詛咒卻帶有濃濃的惡意，意圖讓自己「死得痛苦萬分」。

壽雪感覺內心深處湧起了一股涼意。

——為什麼自己會遭到怨恨？

她究竟做了什麼事，才讓人想要置自己於死地？

壽雪越想越是驚恐，全身動彈不得。到底該怎麼辦才好，完全沒了頭緒，她甚至不知道，正在感到恐懼的是自己的意志，還是烏的意志。

——自己什麼也不知道。

現在的壽雪，就跟當年那個蜷曲著身子瑟縮在暗夜之中的孩子沒什麼不同，沒有人能夠告訴自己，接下來應該朝著什麼方向前進。當初麗娘費盡心思教導壽雪，正是希望她能夠過著獨立自主的生活，不仰賴任何人，這是身為烏妃的必要條件，壽雪原本也打算此生皆過著這般的孤獨生活。

但是……

如今自己在黑暗中感受著溫螢的體溫，卻打從心底忍不住想要大聲呼救。

雲家的僕人將之季帶進了宅邸的大廳內，恭請之季就坐。之季並沒有坐下，而是站著等候雲永德進來，而護衛的士兵，此刻都守候在門外。

大廳內的擺設相當簡樸，矮桌及櫥櫃雖然都是以上等的紫檀木製作，但沒有塗上昂貴的黑漆，也沒有飾以螺鈿，就連擺在花臺上的青花瓷，看起來也不是什麼珍貴的高價品。

不過之季並不感到意外。光看永德的衣著打扮，就知道他不是個喜愛奢侈的人。雖然每樣東西都乾淨整潔，但絕不追求氣派華麗，或許這才是真正的名門之家該有的風範吧。

之季幾乎把大廳裡每樣東西都鑑賞了一番，永德才姍姍來遲地走進大廳，冷冷地朝之季瞥了一眼。每當這種時候，他總是有種自己的一切都被看穿的錯覺，面對名門之輩的視線，他總認為自己被當成了一無所有之人。當然對方不見得有這樣的想法，但不經意的視線中還是會流露出這樣的態度。

「坐吧。」

永德坐了下來，同時要之季就坐。

「不用了，下官站著就行。」

其實乖乖就坐也沒什麼不妥，但之季表現出了固執的一面。陛下從來不會露出那樣的眼神，之季心裡如此想著。高峻在面對自己時，視線總是平淡而純淨，不帶任何色彩，正因如此，他才會對高峻如此衷心臣服。即使是面對自己這種身分低微之人，高峻依然不改其彬彬有禮的態度，謙沖之餘卻又不失其威嚴及傲然之氣。

「在這種時候，到底是有什麼十萬火急的事情？」永德瞪著站在面前的之季問道。

「下官今天來到貴府，是陛下的旨意。」

永德的鬍鬚微微震了一下。

「陛下的旨意？陛下說了什麼？」

「聽說最近雲大人特別關照一名來自賀州的絹商，可有此事？」

「他的貨好，老夫自然特別關照。不過他來自賀州，賀州是沙那賣家的地盤……陛下該不會懷疑老夫和沙那賣家勾結，意圖謀反吧？」

永德說得直截了當，接著哈哈大笑，但之季並沒有接話，依然凝視著老人的臉。永德不悅地皺眉說道：

「到底有什麼事，快說吧。但你如果說要以謀反的罪名將老夫綁去見陛下，老夫可不會相信。陛下不是那麼愚蠢的人。說吧，你到底要幹什麼？現在你應該沒有時間跟老夫打啞謎才對。」

永德的口氣中流露出的是長年在背後支持著高峻的自信與冷靜，正因為他相信高峻是個聰明人，所以才能依然表現得如此泰然自若。

之季直到這一刻，臉上才露出了溫和的微笑。

「下官也有同感。」

永德一愣，狐疑地皺起眉頭。

「剛才下官稍微以言詞試探了雲大人，得罪之處，還望海涵。下官帶來了陛下的一句話……『把你查到的事情都告訴令狐之季，如果他有幫得上忙之處，儘管差遣他』。」

永德驚訝得瞪大了眼睛。

「請雲大人儘管吩咐，下官必定不辱所託。」

「……陛下都已經知道了？」

「剛才雲大人也說了，陛下不是愚蠢之人，陛下對雲大人的瞭解，正如同雲大人對陛下的瞭解。雲大人只是假意關照那賀州絹商，想要從那絹商的口中探聽出一些消息，不是嗎？就像雲大人一直靠著後宮的眼線，在打探沙那賣家的動靜。」

之季朝永德走近一步，低聲說道：

「陛下最想知道的，是跟八真教勾結的到底是誰……應該不是沙那賣朝陽，對吧？」

永德凝視著之季的眼睛，堅定地點了點頭。

銅幡裂成了碎塊。白雷蹲在房間的中央，按著自己的左眼，不斷發出呻吟。

——蛤蟆咒法被破了。

這怎麼可能？這可是借助了神寶之力的咒法……難道烏妃還殘存著如此強大的力量？

男人整張臉的左半邊疼痛不已，有如承受著火烤，與此同時，摀著臉的手掌感覺到了一股溫熱的液體。大量的鮮血自指縫間溢出，滴在衣服及地板上。

白雷一邊呻吟，一邊將手伸進懷裡探摸。取出那神寶「黃昏寶珠」一看，竟然已裂成碎塊。那寶珠越碎越細，在白雷的手掌上化成了一堆細粉，最後消失得無影無蹤。

——這怎麼可能？

白雷取出手帕按著左眼，搖搖擺擺地走出門外。主屋的方向傳來騷動聲，還可看見不少人拿著火把。白雷以手撐著牆壁，踉踉蹌蹌地沿著迴廊朝主屋走去。

前方傳來了聲音。那是……這座宅邸的主人，沙那賣家族之長的聲音。

「朝陽！你幹什麼！你竟敢拿刀對著我！」

白雷彎過了迴廊的轉角，來到主屋的前方，只見宅邸主人站在門口處，身上穿著睡袍。宅邸主人的前方站著一個男人，年約四十出頭，神情精悍，而男人的背後跟了一大群手持火把的隨從。

那男人正是沙那賣家的當家，朝陽。

「叔叔，你還想抵賴嗎？我已經掌握了證據，你把一名心腹派往京師，想要拉攏雲家！還有，你一直處心積慮想要奪回權勢！」

「那又怎麼樣？我可是沙那賣家族之長！」

朝陽看著抵死不認錯的叔叔，冷冷地說道：

「我們沙那賣家族自古便有敬老的傳統，正因為你是家族長老，所以我過去總是睜一隻眼閉一隻眼……」

朝陽故意誇張地嘆了口氣。

「你可還記得從前皇太后執政時期，你做了什麼好事？可別說你年紀太大，已經都忘光了。當時的賀州首長，是個花錢買官的貪婪之輩，你謊報莊園收益，藉此中飽私囊，為了不遭人揭穿，不僅賄賂首長，而且還毒殺了我一名正要向朝廷揭發舞弊的部下。後來皇太后失勢，首長遭革職，你被逼急了，只好向我求救。要是這件事曝光，別說你自身難保，我們整個沙那賣家族也會跟著遭殃，我只好幫你收拾善後，保住了你的性命。我對你的要求，只是要你從此乖乖待在宅邸裡，別再過問政事，沒想到如今你又搞出這些事情來……」

朝陽以一對令人背脊發涼的冷峻目光瞪著叔叔。只見叔叔面無血色，滿頭白髮所結成的髮髻也散了一半，身為沙那賣家族長老的威嚴已蕩然無存。他搖搖擺擺地往後退，卻因為膝蓋不良於行的關係，忽然雙腿一軟，整個人癱坐在地上。

「我……我只是想要實現沙那賣家族的宿願！好好累積實力，將來才能……返回卡卡密！這是我們共同的宿願吧？不是嗎？」

年老的沙那賣長老仰望朝陽，臉上帶著哀求的眼神。然而朝陽的目光卻依然冷酷。

「不，你根本不是在為整個沙那賣家族著想，你只是為了你自己。雲中書令跟從前的賀州首長不可同日而語，絕不可能被一點點的利益誘惑所打動。一旦你企圖拉攏雲中書令的舉動被發現，從前的不法情事肯定都會被挖出來吧。還有，當初遭你下毒的觀察副使，如今可是當上了學士，成為皇帝的心腹。沙那賣家族勢必會遭受責罰，再也沒有辦法脫罪，這都是你的錯！」

朝陽以手按著腰間的佩劍。

「現在我只能將你殺死，以你的首級來懇求陛下息怒。你一生拖累沙那賣家族，至少獻出你的首級來作為補償吧！」

劍光一閃。

朝陽的劍術極為高明，只一劍，便讓長老身首分離，頭顱飛上了半空中，不斷噴出鮮血。朝陽退後一步，避開了灑落的鮮血，而背後的隨從們一擁而上，開始處理善後。

朝陽接著轉頭望向白雷。白雷跪了下來，朝陽低頭看著他，半晌後說道：「以後不准你繼續待在賀州。」言下之意，當然是將其逐出賀州。

「好吧……」白雷乖乖地答應了。

「……你的眼睛受傷了？」

「唔……」

「我允許你裹好傷再走……把他帶到屋子裡，找大夫幫他看看。」

一名隨從於是走向白雷。見朝陽轉身正要離去，白雷朝著他的背影說道：

「在偏房裡有個叫隱娘的女孩，我想把她帶走。」

朝陽轉頭看了白雷一眼，接著朝隨從使了個眼色。

「我勸你別再當什麼教主了。」

朝陽扔下這句話，這次真的轉身走了。

而白雷只是愣愣地看著朝陽消失在黑暗之中。

「沙那賣朝陽親自砍下了叔叔的腦袋？」明允問道。

高峻點了點頭。

「一劍就斬下頭顱，並不是件容易的事，看來朝陽是個劍術高手。」

明允露出古怪的表情，彷彿在說著「這不是重點」。高峻淡淡一笑，接著說道：

「聽說他長年來是朝陽眼中的燙手山芋。正因為是親人，反而更加難以對付。」

「畢竟這叔叔是沙那賣家族的長老。朝陽雖是當家，但對上了年長者，尤其還是自己叔叔，還是不能做得太絕。如果太過不留情面，可能會引來族人們的反彈。畢竟沙那賣家族有著特別敬重尊長的傳統，簡單來說，就像是長在眼睛上面的毒瘤，沒有辦法輕易割除。」

高峻瞇著眼睛凝視蓮池。此時天空下起了小雨，眼前的景色彷彿被一層霧氣蓋住了，白色的蓮花看起來朦朦朧朧，有如夜空中的星辰。

「……如今他終於還是把毒瘤割除了。」

「是的。」

「不等裁示就先衝進宅邸砍人首級，這做法可真是強硬。」

「是啊。」

朝陽的叔叔私下拉攏雲永德，希望對方能向朝陽施壓，逼使朝陽同意讓他重新擔任莊園的莊官。他答應永德，只要自己能夠重新當上莊官，必定會將低報莊園收益的不法所得撥出一部分給他。除此之外，朝陽的叔叔從前在擔任莊官的期間，也曾經私吞應該上繳朝廷的租稅，以及對起了疑心的觀察副使令狐之季下毒。總合這種種罪行，處以死刑並不為過。

「朝陽必須將從前叔叔私吞的錢繳回國庫，這可是一筆相當大的金額……但整體而言，能夠將其除掉，對朝陽來說還是利大於弊。」

高峻低聲呢喃。明允轉頭望向高峻。

「這次的事情，給了朝陽冠冕堂皇的理由，讓他可以打著『拯救沙那賣家族』的旗號，將叔叔的勢力拔除……聽說他的叔叔不滿遭朝陽逼迫隱居，從以前就對朝陽多有批評，而且還相當執著於追求『沙那賣家族的宿願』。」

這些情報都來自於之季及高峻暗中送往賀州的間諜。

「沙那賣家族的宿願？」

「返回卡卡密，成為卡卡密的國主。」

明允一臉錯愕地說道：「要實現這個願望，不僅必須捨棄賀州的豐饒土地，而且還必須冒險橫越波濤洶湧的大海……如果是從前還有伊喀菲島的時代，那也就罷了，現在他們要是做這種事，可不知會有幾艘船遇難。」

「即便如此，他們還是想要返回故鄉，這可以說是一種對故鄉的憧憬。聽說朝陽的叔叔經常向沙那賣一族的年輕一輩訴說這個夢想，多少獲得了一些支持。」

「純真的年輕人往往容易受到影響……越是不切實際的美夢，越有吸引人的魅力。」

「這種將年輕人引向不歸路的行為，肯定讓朝陽無法坐視吧。」

高峻心想，這恐怕才是朝陽心中最大的擔憂。但如果不管三七二十一地懲處叔叔，可能會引發年輕人的反彈。所以朝陽故意拿朝廷當擋箭牌，以『降低沙那賣家族的傷害』為理由，將掀起騷動的始作俑者除去。只要這麼做，就不用擔心家族內部出現紛爭。

「說穿了……叔叔的那些輕舉妄動，反而正中朝陽的下懷。」

「憑朝陽的本事，要阻止叔叔私下與永德接觸，應該是輕而易舉的事情。」

叔叔的行動，成了害死他自己的最大原因。他以為做得神不知鬼不覺，其實全在朝陽的算計之中。

「朝陽這種做法真令人不舒服。」

明允皺眉說道：「簡直像是把雲中書令也當成了手上的棋子。」

「他心裡很有把握，不管叔叔拿出多少的好處，永德都不可能受到收買……」

此時永德的內心想必是五味雜陳吧，自己不向賄賂低頭的風骨及追查不法的決心，反而讓自己遭到了利用。

「雲中書令的臉色相當難看。」

明允不禁苦笑。

「明知道自己正在遭受利用，卻還是得繼續追查下去……對了，平常雲中書令很少稱讚人，這次他卻對之季的表現讚不絕口呢。」

「那很好。」

高峻淡淡說道。這一點早在高峻的意料之中。永德向來喜歡之季這種才氣煥發且沒有後盾的年輕人。

「沒想到陛下會派之季做這件事……他是微臣介紹的，或許微臣不該這麼說，但他才剛來沒多久，微臣沒想到陛下會託付他如此的重責大任。」

「之季是個很有野心的人。」

「野心？」

「朕在成為廢太子的期間，深深感受到權力比什麼都重要。之季也一樣，他很清楚沒有權力就什麼也做不了。這一點，跟那些打從一開始就握有權力，卻不知道權力重要性的名門之輩截然不同。朕相信以他的野心，絕不會輕易放棄這個獲得永德賞識的絕佳機會，就算他原本是沙那賣派來的間諜，朕也相信他會為了這個飛黃騰達的機會而背叛沙那賣。」

明允聽得瞠目結舌，一句話都說不出口。半晌之後，才輕咳一聲，說道：

「……這麼說來，陛下並非全盤信任之季？」

「不，就某一層意義上來說，朕是信任他的。所謂的信任，必須是在看清對方為人的前提之下，而非盲目地寄予期待。」

必須好好看清楚真相，而非抱持著天真的想法。

就這層意義而言，高峻對朝陽也抱持著一定的信任。高峻相信此人不會做出如此愚蠢的決定……即便他現在還不清楚朝陽心中在打著什麼算盤。

對沙那賣家族的監視，接下來依然不可鬆懈。

「陛下真是英明……難怪雲中書令可以安心退隱。」

沙那賣家的事情剛落幕，永德便提出了辭官隱居的請求。

「不，他想要退隱，是因為感到懊惱，與朕無關。」

「雲中書令為何事懊惱？」

「他懊惱自己被朝陽的叔叔當成適合賄賂的對象……那簡直是把他當成了朝廷的蠹蟲。不管這是不是事實，他沒有辦法忍受自己在他人的心裡是個這樣的人。」

高峻打算駁回永德的辭官請求，並且將他轉調為尚書都省令。這是一個榮譽職，品秩雖高，但沒有實權。

「他是名門之中的重要人物，朕不能失去他的影響力……從今以後，你跟行德也必須好好表現，朕對你們非常期待。」

「微臣必定為陛下鞠躬盡瘁。」明允拱手道。雲永德轉調尚書都省令的同時，明允晉為中書令，雲行德也從禮部侍郎轉任門下侍中。不久前高峻會見行德，正是為了談這件事。

「永德似乎認為行德的溫厚是他的一大缺點，朕卻認為這是相當難能可貴的優點。行德與你，正好可以互補其短。」

「陛下說得極是，微臣的最大缺點就是不夠溫厚。」

明允面露戲謔的微笑，接著轉頭望向蓮池，說道：

「啊，雨停了。」

原本的小雨不知不覺已經止歇，烏雲散去，蓮花的花苞在陽光下閃爍著濕潤的光澤。高峻瞇著眼睛望向蓮池，心裡想著得走一趟夜明宮，上次答應過壽雪，最近會再去拜訪。

而且高峻心裡有幾句話，想要對壽雪說。

在晚霞的邀約下，壽雪又拜訪了泊鶴宮。此時晚霞已完全康復，看起來容光煥發，為了招待前來的烏妃，特地準備了許多點心。

「聽說是白雷偷偷把那個金鐲放進叔公送來給我的東西中。沒想到那金鐲竟然這麼可怕，如果沒有妳救命，現在我已經死了，真的很謝謝妳。」

晚霞向壽雪道謝。

「棉薄之力，不足掛齒……況此詛咒乃為吾而來。」

「幸好中了詛咒的人是我，而不是妳。如果妳倒下了，誰來破除詛咒？」

晚霞在鬼門關前走了一遭，而且還因高燒而受盡煎熬，但她非但沒有懷恨在心，反而對壽雪由衷感謝。

「我的叔公是個開朗又隨和的好人，不知道為什麼會發生這樣的事情……」

聽說晚霞的叔公，也就是朝陽的叔叔因莊園管理涉及不法而遭到斬首，順帶一提，消息的來源是淡海。

「而且聽說白雷被逐出賀州，八真教也瓦解了。我本來就不喜歡那個人，聽到消息後安心了不少。」

晚霞一邊說，一邊將加入了杏仁乾的烤米餅放入口中，杏仁是她最喜歡的食物。

「汝曾言白雷慫恿汝父，此話當真？」

晚霞在發高燒的時候，確實曾這麼說過。壽雪回想起這件事，向晚霞再次確認，晚霞卻歪著頭說道：

「我曾這麼說過嗎？在發燒的時候？我不記得了……白雷慫恿的不是爹，而是叔公。叔公經常膝蓋痛，聽說接受白雷的祈福之後好了很多，也不知道是真的還是假的。我想叔公應該是被他騙了吧，這次的事情，叔公一定是受了白雷的慫恿。」

晚霞蹙眉說道。看來她真的很討厭白雷。

「……白雷為人若何？」

「這個嘛……年紀和我爹差不多，約四十出頭，一頭白髮，沒有結成髮髻，髮型相當古怪，眼神也很冷漠，讓人很不舒服。白雷應該不是本名，我也不知道他是哪裡來的。」

壽雪提出這個問題，原本是懷疑白雷和自己有些關係，但聽完了晚霞的回答後，依然是一頭霧水。

「我老家的人應該知道得更詳細一些，要不要我幫妳問問？」

壽雪點頭說道：「望乞一問。」

「沒問題，這點小事包在我身上。我寫封信就行了……對了，我能叫妳『壽雪』嗎？」

壽雪略一遲疑，最後還是應了一聲「嗯」。

晚霞登時眉開眼笑。「太好了，那妳也叫我『晚霞』吧。」

壽雪回想前一陣子，花娘也對自己說過類似的話。當時她要求稱壽雪為「阿妹」，並希望壽雪稱她為「阿姊」。

第一次見面的時候，壽雪感覺晚霞是個令人捉摸不透的千金小姐，但如今相處了一陣後，壽雪發現她只是個開朗、思想單純的少女。不過有時晚霞會低著頭不發一語，因此若說她思想單純，似乎也稱不上，或許她是在回想當初因沙那賣所受詛咒而送命的那個少女吧。

離開泊鶴宮之際，晚霞忽然凝視著壽雪，臉上絲毫不見笑容。壽雪問她是不是身體不舒服，她沒有回答，只是搖了搖頭，露出有氣無力的微笑。

❀

送了壽雪離開後，晚霞回到房間，命令所有侍女退下，取出麻紙放在桌上，並備妥筆墨。差不多該寫信給父親了。父親經常從故鄉寄一些東西給晚霞，每當晚霞收到東西後，就會寫一封信向父親道謝，同時以「告知近況」為藉口，將後宮發生的事情回報父親。這就是晚霞的「職責」。

這一次，晚霞必須要寫的內容很多。

自己突然遭到詛咒，發起了高燒，所幸得到壽雪救助……這一連串的事件，相信侍女們應該也會回報才對。

晚霞沒有提筆，只是愣愣地看著眼前撒上了金箔的淡水藍色麻紙。

當初晚霞一看那金鐲，就知道那東西不太尋常，那種雕著醜陋蛤蟆的金鐲，完全不符合叔公或自己的喜好。當然晚霞並不知道那金鐲被下了咒，但憑著直覺，她明白這金鐲絕對不是什麼好東西，該不該把金鐲交給壽雪，令她猶豫了好一陣子。如果這是父親的意思，不照著做等於是違背父親的指示。

但最後她還是沒有把金鐲交給壽雪，自己並不希望壽雪遭遇任何不測。不曉得父親會不會生氣？如果那真的是父親的指示，父親應該會生氣吧。

晚霞不禁感到有些擔心。一來不希望遭受父親責罵，二來不希望讓父親失望，她害怕被父親當成沒用的人，從此遭到拋棄。

但壽雪是無辜的。自己絕不能坐視壽雪像當年的小嬋一樣吃盡苦頭，甚至是丟掉性命。她下定了決心，絕不再讓任何無辜的少女因自己而死。

即使到了今天，晚霞依然感覺到小嬋就站在自己身邊，罵自己是卑鄙小人。為了苟活下去，竟然對可愛的妹妹見死不救的卑鄙小人……

晚霞忍不住以雙手摀住了耳朵。

——爹，我該怎麼辦才好？

父親的臉孔浮現在晚霞的腦海。那張絕不接受撒嬌或哀求的嚴峻臉孔，那張逼迫自己在「自己或小嬋的命」之中擇其一的冷酷臉孔。

但父親正因為嚴峻，才能受到族人們敬畏與崇拜，就連晚霞自己，也非常尊敬父親。正因為尊敬，所以不希望遭到父親輕視，不希望讓父親失望。

晚霞提起了筆。包含詛咒的事情在內，把自己的近況全都寫了下來，但寫到一半，卻又擱下了筆。

有件事情，晚霞不知道該不該告訴父親。

不久前，晚霞曾經在壽雪的頭髮上插了一朵梔子花。當時自己發現了一件事，那就是壽雪的頭髮顏色是染過的，她的原生髮色似乎是白色還是銀色。

這件事情是否該告訴父親呢？抑或，像這樣的芝麻小事，根本沒有告知的必要？

但至少可以肯定的一點，是壽雪將自己原本的髮色當成了祕密。正因為是祕密，所以才會把頭髮染黑，而既然是祕密……

那就不會是芝麻小事。

晚霞不斷重複著提筆與擱筆的動作，心頭一下子浮現父親的臉孔，一下子浮現壽雪的臉孔。壽雪是個很好的女孩，晚霞很希望能夠跟她當朋友，更何況她還救過自己的性命。

晚霞深深嘆了一口氣。

經過漫長的猶豫之後，晚霞還是提起了筆。

高峻這次來訪，帶來了相當奇特的食物，壽雪不由得目不轉睛地盯著盤裡那些散發著甜膩香氣的奇特物體。一問之下，原來是裹了糖衣的李子。

「這是李子糖，很甜，朕猜妳會喜歡，所以帶了一些來。」

壽雪不等高峻說完，已拿起了一顆李子糖，糖衣的外層閃閃發亮，簡直像是天上的星星。一口咬下，外側的糖衣一碰到牙齒就碎裂了，連著裡面的李子肉一同咬斷，柔嫩且略帶酸味的果肉與又甜又脆的糖衣融為一體，有如渾然天成，在嘴裡擴散開來。

那是一種過去從來沒有嚐過的美妙滋味。

「妙不可言。」

壽雪只以這一句話作為評語。高峻淡淡一笑，說道：

「那真是太好了。」

此時九九等人都已各自回房歇息，壽雪想要分給他們吃，因此蓋上了蓋子。高峻不發一語，只是默默看著少女舔著自己的手指，壽雪察覺到他的視線，感到有些不好意思，取出手帕擦了擦，說道：

「……汝今夜來訪，應有話說？」

「嗯……」

高峻又沉默了一會兒，似乎在思考如何措詞。而壽雪只是靜靜地等著。

「朕有不少話想要對妳說。首先，朕想要告訴妳兩件事，第一……」

高峻豎起食指說道：「朕聽見了梟的聲音。」

壽雪霎時一頭霧水，問道：「聽見聲音？何謂聽見聲音？」

「最近有人進貢了一個大海螺，外殼漆黑，閃耀著七彩光輝，相當罕見。這大海螺裡傳出了梟的聲音，且只有朕才聽得見，上次的事件，朕不是受了傷嗎？正是因那傷的關係。」

高峻還是老樣子，明明是令人匪夷所思的事情，卻說得輕描淡寫。壽雪按著自己的太陽穴，努力在心中整理高峻這幾句話。

「……梟謂汝何事？」

「梟說他因為上次的事件而被關入大牢，沒有辦法再干涉我們……所以他希望朕代為拿主意。」

「拿主意？」

什麼意思？

「想想看有沒有什麼辦法可以拯救烏……當然還有妳。」

高峻的口氣相當平淡，凝視著壽雪的眼神也沒有絲毫感情起伏。

「……拯救？」

壽雪的聲音不禁有些沙啞。

「沒錯。」

壽雪一時啞口無言。高峻見她沒有說話，於是接著說道：

「朕想要找找看，有沒有什麼辦法能夠解放烏，卻又不必將妳殺死。」

「然冬王一失……」壽雪忍不住問道：

「夏王當何所依？」

一旦解放了烏，冬王與夏王將面臨什麼樣的下場？

「朕也不知道。」

高峻回答得簡潔又淡泊。

「但就算維持現狀，也不見得能夠高枕無憂。今非昔比，現在許多事情都已經改變了，或許能夠想出一些新的辦法，徹底解決所有的問題。」

高峻接著豎起第二根手指。

「第二件事，封一行已經落網。他是個巫術師，應該知道很多我們不知道的事情。例如關於鼇神，或是關於烏漣娘娘，他腦中的知識，想必對我們很有幫助。」

壽雪目不轉睛地看著高峻面無表情地淡淡說完這幾句話。

……為什麼？

「汝何故……」壽雪緊咬嘴唇。

「什麼？」高峻問道。

「何故為此無益於汝之事？」

高峻默默凝視壽雪，半晌後說道：

「當然有益，這麼做可以幫助朋友。」

他的聲音依然靜謐，卻說得斬釘截鐵，與其雲淡風輕的態度形成強烈的對比。

「有很多事情，朕經過衡量之後只能放棄。例如朕沒辦法二話不說地將妳放出宮城。但是……如果有辦法可以兩全其美，朕不想輕易放棄。難道妳不是嗎？」

高峻看著壽雪問道。

壽雪在小几的下方緊握雙拳。如果可以的話，她好希望可以大聲求救，但她知道自己不能這麼做。

沒想到……高峻已聽見了自己心中的呼救聲。

壽雪感覺胸口有股火燙的液體在翻騰、激盪，忍不住低頭說道：

「……無可抉擇……」

壽雪緊緊握住了雙手。

「吾……無可抉擇……」

「為什麼？」

高峻淡淡地問道。

「吾……吾若得救……」

壽雪閉上了眼睛，接著說道：

「將無顏以對麗娘。」

麗娘以烏妃的身分孤獨地活了一輩子，倘若只有自己一人擺脫孤獨，將何以面對當初對自己投注了關愛，將自己拉拔長大的麗娘？

「……壽雪。」

壽雪吃驚地瞪大了眼睛。因為高峻竟伸出了手指，輕觸自己的臉頰。

「朕沒有見過麗娘，卻可以想像她對妳付出了多少的關心。但是朕希望妳不要忘了，妳因為有了麗娘而得救，麗娘也因為有了妳而得救。」

高峻的聲音宛如沉入了壽雪的內心深處，滲入了壽雪的五臟六腑。

「妳應該靠自己的力量，拯救麗娘所最心愛的妳自己。」

壽雪感覺到喉嚨深處彷彿有一團灼熱的物體逐漸往上升，嘴唇不禁微微顫抖。

長久以來對著黑暗發出的呼救聲，終於有人聽見了。

高峻的手指在她的眼角輕抹，這個動作，讓壽雪終於驚覺自己正在哭泣。

壽雪感覺到體內有某種凝結的物體正在逐漸消融。

而高峻溫暖的手掌，始終溫柔輕撫著壽雪的臉頰。

✿

隱娘正在岩石堆裡玩耍著。浪頭陣陣推來，在岩石上撞出大片水花，但她一點也不害怕，只是目不轉睛地觀察著退潮後殘留在水窪裡的小魚及貝類。白雷站在稍遠處，看著隱娘的一舉一動，海風將他的頭髮及衣襬吹得上下飛舞。

白雷的左半邊臉上包著一大塊布。他將右眼的視線移向了海面，海上的遠處隱約可看見島影。

「那就是八荒島嗎？」白雷朝著站在身邊的男人問道。

男人的頭上戴著斗笠，面容幾乎完全被陰影籠罩著，此人獨自前來送白雷最後一程，身邊沒有帶任何隨從。他有著一張精悍的臉孔，眼神犀利而嚴峻。雖然有時會對庶民百姓露出溫柔的微笑，但大多數的時候都是板著一張臉。

「八荒島是由大大小小的數座島嶼所組成，你們即將前往的是最大的一座島嶼，就稱作大島。」

說話的男人正是朝陽。

「每天都有船隻往來航行，島上除了可以吃到美味的海產，還有豐富的水果。那裡的島民們都很純樸，過著與世無爭的生活……你可別改不掉壞毛病，在那裡興風作浪。」

白雷沒有答話，只是微微揚起嘴角。

「你的眼睛變成這樣，生活應該有些不便，我會派僕人給你。你放心，我派的人保證做事勤快，從炊煮到房屋的修繕都可以一手包辦。如果你覺得人手不夠，到了島上還可以再雇用島民。」

「不勞費心，我只想過簡單生活。何況我身邊有隱娘陪著。」

朝陽朝隱娘瞥了一眼，說道：「那樣一個小女孩，能幫上什麼忙？」

「呵呵……」白雷笑著說道：

「她能幫上的忙可是不少。她出身於漁村，海邊的生活最符合她的性情。」

「我記得她是迎州浪鼓人？」

「沒錯。」

「那是相當貧困的村子。」

「是啊，所以當我說要收養這女孩時，她的家人們反而開心得不得了。當然他們還是向我討了不少錢。」

朝陽望向隱娘，眼中帶著一絲憂色。倘若白雷前往浪鼓的時間晚個一年，隱娘大概已經被惡毒的人口販子買走，賣進了寒酸冷清的青樓之中。隱娘雖然還是個孩子，但頗有姿色，曬得黝黑的皮膚及烏溜溜的大眼睛有一股迷人的魅力。

「我從以前就推測哈彈族是相當有神性的民族，隱娘更是個意外的收穫。」

白雷見浪頭越來越高，於是呼喚道：「隱娘，過來。」

隱娘毫無反應，白雷又喊了一聲，隱娘才回頭看了一眼，接著慢吞吞地朝白雷走來。她雖然看起來是個笨手笨腳的丫頭，卻是唯一能夠與白妙子溝通的「憑坐」❶。

海岸邊常會聚集許多來自遠方的異物。除了貝殼、玻璃碎片及溺死者的屍體之外，還有迷途的靈魂及神祇，因此海岸一帶經常被視為靈地。

白雷第一次見到隱娘的時候，她正在海灘上蒐集貝殼，白雷問她為什麼要蒐集那種東西，她回答漂亮的貝殼及玻璃碎片可以拿到附近的旅店當成紀念品兜售。根據傳說，這些東西都是來自神之國的漂流物，帶在身上具有護身符的效果。當時沙灘上除了隱娘之外，還有好幾個孩子也在蒐集貝殼，每個孩子都赤裸著雙腳，身上穿著破爛的衣服。

——海底住著神明。

隱娘如此告訴白雷。

——像這樣把貝殼放在耳朵旁邊，就可以聽見聲音。神明們住在很深很深的海底，那裡跟夜晚一樣漆黑，所以神明們睡得很熟。

——但是有一位神明醒來了，而且正在等著。

等著什麼？當時白雷問道。

1　靈媒。

——我。

「大爺，你看，我撿到了個櫻貝。」

隱娘將一枚貝殼舉到白雷的面前。「完全沒有破損呢！」

隱娘的雙眸閃耀著興奮的神采。沒有破損的貝殼，能夠賣到比較好的價錢。

白雷嘆了口氣，說道：

「妳不必再做這種事了。」

如今的隱娘，已不再需要赤裸著雙腳到處兜售貝殼。但是隱娘卻對白雷的話充耳不聞，開開心心地拿一小條布將貝殼包起，塞進懷裡，那塊布不僅有些髒汙，而且磨損嚴重，據說是從前母親送的。

白雷無奈地皺起了眉頭，一旁的朝陽卻朝著隱娘伸出拳頭，說道：

「把手伸出來。」

隱娘聽了朝陽的吩咐，納悶地伸出雙手。朝陽將拳頭舉到隱娘的手掌上方，鬆開手指，好幾枚貝殼落在隱娘的掌心，雖然每一枚貝殼都不大，但內面散發著七彩的光澤。這種貝殼稱作白蝶貝，是使用於螺鈿裝飾的貝殼種類之一。

「哇……！」

隱娘看見那閃閃發亮的貝殼，興奮得漲紅了臉。

「這麼漂亮……一定能賣到好價錢！」

白雷聽了哭笑不得，不禁伸手按著額頭。朝陽瞇起了眼睛，柔聲說道：

「這幾枚白蝶貝雖然漂亮，卻是次等貨，沒辦法用來製作螺鈿。我聽說妳喜歡貝殼，所以向商人朋友討了一些。」

「謝謝！」

隱娘笑盈盈地道了謝，小心翼翼地將貝殼放進布包裡。白雷平常很少讓隱娘在他人面前露臉，正是因為怕像這樣說出不得體的話來，就算遇上必須與他人見面的狀況，白雷也會盡可能不讓她開口。事實上這樣的做法，反而增添了隱娘在他人心中的神祕感。

白雷取出一條手帕，擦掉女孩的衣服及頭髮上的海水，她並不反抗，乖乖任由白雷擦拭身上。兩人雖然已經建立起了相當程度的信任感，但隱娘直到如今依然稱呼白雷為「大爺」，從來不叫白雷的名字。

——那又不是真的名字。

隱娘曾說出這樣的理由。沒有錯，白雷確實不是本名。

「我們該走了。」

白雷在隱娘的背上輕拍，走向渡船口。不遠處就是碼頭，一艘渡船正在等著客人上門。

「我安排的僕人此時應該已打掃完屋子，正在大島的碼頭等著你。」

「大恩大德，此生難忘。」

朝陽只是靜靜凝視著大島的方向，似乎並不認為白雷的道謝是真心的。

「傷口應該還會痛吧？你就到島上好好靜養吧。」

「……不僅落得這副下場，還毀了神寶……比起傷口的疼痛，更讓我難以忍受的是自己的無能。」

「寶珠的事情，你別放在心上。我們長年來一直想毀了那受到詛咒的東西，卻總是辦不到。你替我毀了它，我反而該感謝你。」

朝陽朝白雷瞥了一眼。

「倒是你苦心經營的八真教就此鳥獸散，實在令人感到惋惜。」

「那只是微不足道的小事。」

沒錯，有沒有八真教根本不重要，只要有隱娘跟白妙子就夠了。

「你能這麼想，那真是太好了……我只能送你到這裡，你就在島上好好療傷吧。」

「好……」

其實朝陽根本不必冒著風險來到這裡。白雷在名義上已遭逐出賀州，不應該出現在這種地方，更何況還跟自己像朋友一樣交談，要是被人看見，可是非常不妙的事情。但朝陽是個重情重義的人，堅持要前來送白雷最後一程。

「下次若再有用得上我之處，請儘管吩咐。」

就像這次為了解決掉礙眼的叔叔，故意派白雷接近他一樣。

白雷說完了這句話，便帶著隱娘走向渡船口。朝陽目送兩人離去，半晌後才轉身離開了海岸。

隱娘聽見白雷在呼喚自己，然而她並沒有辦法馬上反應過來，那也是因為「隱娘」並非她真正的名字。

如今隱娘正坐在船上，探頭看著海面，白雷呼喚了好幾聲，她才轉過頭來。只見白雷一臉嚴峻地說道：

「別朝著船外探頭探腦，小心掉進海裡。」

「海好深，看不見底部。」

隱娘雖在漁村長大，從小搭船的機會並不多，因為在漁村裡，出海捕魚是男人的工作。像隱娘這樣的小女孩，或是還沒辦法出海捕魚的男孩，平日只能在海灘上撿撿貝殼、補補網子，或是聽村內故老們說一些古代的傳說故事。

尤其是遇上天候惡劣的日子，隱娘總是會和其他孩子們一同在火爐邊抱膝而坐，聽老人家講故事。

當初和自己一起抱著膝蓋聽故事的那個男孩，此時不知過得好不好？女孩的心中驀然浮現了男孩的臉孔，那個被送往京師的男孩。

隱娘看著深藍色的海面，身體隨著波浪輕輕搖擺。為了不忘記自己真正的名字，隱娘不斷在嘴裡輕聲默唸著。

「阿俞拉……阿俞拉……」

對了，還有那男孩的名字，也不能忘了。隱娘輕按著自己的胸口，所有的貝殼，都收藏在懷裡的布包內。

——不知道那男孩現在正在做什麼？

那孩子很愛哭，現在或許正在哭哭啼啼也不一定。隱娘不禁有些擔憂。

——衣斯哈。

「衣斯哈……」

呢喃聲彷彿落入波濤之間，沉入了深邃的海底。

（完）

國家圖書館出版品預行編目資料

後宮之烏 3：水面之下 / 白川紺子作；李彥樺譯
. -- 初版 . -- 臺北市：三采文化股份有限公司，
2022.11- 冊； 公分 . --（iREAD；158）

ISBN 978-957-658-968-3（平裝）
861.57 111016069

suncolor 三采文化集團

iREAD 158

後宮之烏 3：水面之下

作者｜白川紺子 繪者｜香魚子 譯者｜李彥樺
編輯二部 總編輯｜鄭微宣 責任編輯｜藍匀廷 編輯選書｜李媁婷 校對｜黃薇霓
美術主編｜藍秀婷 封面設計｜李蕙雲 內頁排版｜魏子琪 版權協理｜劉契妙

發行人｜ 張輝明 總編輯長｜ 曾雅青 發行所｜ 三采文化股份有限公司
地址｜ 台北市內湖區瑞光路 513 巷 33 號 8 樓
傳訊｜ TEL:8797-1234 FAX:8797-1688 網址｜ www.suncolor.com.tw
郵政劃撥｜ 帳號：14319060 戶名：三采文化股份有限公司
本版發行｜ 2022 年 11 月 25 日 定價｜ NT$380

suncolor

suncolor